북천전기

천봉 신무협 장편소설

PAPYRUS ORIENTAL FANTASY

북천전기 16

초판 1쇄 발행 2023년 10월 16일

지은이 ㅣ 천봉
발행인 ㅣ 최원영
편집장 ㅣ 이호준
편집디자인 ㅣ 한방울
영업 ㅣ 김민원

펴낸곳 ㅣ ㈜ 디앤씨미디어
등록 ㅣ 2002년 4월 25일 제20-260호
주소 ㅣ 서울시 구로구 디지털로 26길 111 JnK디지털타워 503호
전화 ㅣ 02-333-2513(대표)
팩시밀리 ㅣ 02-333-2514
E-mail ㅣ papy_dnc@dncmedia.co.kr
블로그 ㅣ blog.naver.com/gnpdl7

ISBN 979-11-364-4815-6 04810
ISBN 979-11-364-3596-5 (SET)

※ 저자와 협의하여 인지는 붙이지 않습니다.
※ 이 책은 ㈜ 디앤씨미디어(파피루스)가 저작권자와의 계약에 따라 발행한 것으로 본사와 저자의 허락 없이는 어떠한 형태나 수단으로도 내용을 이용할 수 없습니다.

16

천봉 신무협 장편소설

북천전기

北天戰記

1장. 의문의 무승들 · 7

2장. 소림사 · 85

3장. 우문적의 결심 · 125

4장. 동방리의 미소 · 167

5장. 드러난 효광의 실체 · 207

6장. 소림풍운 · 247

7장. 혈강시의 위력과 약점 · 275

1장
의문의 무승들

의문의 무승들

며칠 후 철혈가.

동방리는 거처의 뒷마당에서 연후로부터 새롭게 받은 초식 연마에 땀을 흘렸다.

벌써 쉬지 않고 수련하기를 두 시진째. 그녀의 전신은 땀으로 흥건했고, 입술을 뚫고 연신 거친 숨이 흘러나왔다.

"후욱!"

퍽!

동방리는 검을 땅에 꽂고는 그대로 드러누웠다. 그러고는 한참 동안 거친 숨을 내쉬며 달궈진 육신을 식혔다.

그러기를 얼마나 지났을까?

기척과 함께 뒷마당으로 들어서는 이가 있었다. 주작전

주 차소령이었다.
 "또 수련 중이셨군요."
 "어서 오세요, 전주님."
 차소령은 손에 들고 있던 자그마한 호리병을 건넸다. 술이 아니라 과일을 갈아서 만든 음료였다.
 "고마워요."
 동방리는 단숨에 호리병을 비웠다.
 차소령은 그런 동방리를 보며 빙그레 웃었다.
 "나날이 발전하시는 것 같아서 보기 좋아요."
 "그래도 전주님에 비하려면 아직 멀었죠. 한데 어쩐 일이세요?"
 "모처럼 아가씨 모시고 절에 다녀오려고 해요. 혹시 괜찮으시면 같이 가시자고 들렀어요."
 "이 근처에는 절이 없는데……."
 "하루 정도 내려가면 청룡사라는 큰 절이 있다고 하더군요."
 "아, 청룡사! 저도 거기 한번 가 봤는데……. 좋아요. 같이 가요. 금방 씻고 나올 테니 잠시만 기다려 주세요."
 차소령은 안으로 들어가는 동방리의 뒷모습을 응시하며 다시 미소를 머금었다.
 '행운이야. 이런 사람들을 만난 것은…….'
 서문회의 마수를 피해 백야벌을 떠날 때의 참담함이 엊

그제 같았다. 그때 만약 연후와 인연이 닿지 않았다면 자신과 소향은 이역만리나 떨어진 곳에서 은둔 생활을 하고 있었을 것이다.

아니, 어쩌면 그 전에 소향이 쓰러졌을지도 모를 일이었다.

"후우……."

차소령은 길게 숨을 토하며 남쪽 하늘을 바라봤다.

이제 머지않아 백야벌로 돌아가게 될 것이다. 그렇게 되면 소향도, 자신도 새로운 삶을 시작할 수 있으며 과거의 암울함에서 완전히 벗어날 수 있으리라.

'그자가 무너질 줄이야…….'

차소령은 서문회를 떠올렸다.

거대한 태산과도 같았던 그가 무너지리라고는 정말이지 상상조차 하지 못한 일이었다.

'이곳을 잊지 못할 거야. 영원히…….'

차소령은 연후를 비롯해 인연이 닿았던 철혈가와 북부 무림의 모든 이들을 떠올리며 상념에 빠져들었다.

그리고 얼마 후, 그녀는 동방리와 함께 밖으로 나섰다. 마차 한 대와 주작전이 기다리고 있었다.

마차의 문을 열고 소향이 얼굴을 내밀었다.

"같이 타고 가요."

"아뇨. 저는 말을 타고 갈게요."

"그럼 제 마음이 불편해서······."

"그럼 같이 타고 갈까요?"

결국 동방리는 마차에 올랐다.

차소령이 대원들의 앞으로 나섰다.

"출발해."

"예!"

따그닥, 따그닥.

잠시 후 마차와 주작전이 철혈가의 정문을 넘어서려 할 때였다.

뒤에서 두 기의 인마가 질풍처럼 달려왔다. 서위량과 조영이었다.

조영이 차소령을 향해 씩 웃으며 말했다.

"저희도 같이 갑니다."

"저희가 못 미더우신가 보죠?"

"어? 그게 아니라······."

차소령이 웃었다.

"농담이에요. 하면 두 분은 뒤쪽을 맡아 주세요."

"옙!"

서위량과 조영이 함께 가고자 하는 것은 당연히 동방리 때문이었다. 다른 사람들을 없을 때 동방리의 호위는 그들의 몫이었다.

"나도 좀 끼워 주시오."

굵직한 목소리와 함께 한 사람이 마차의 지붕 위로 사뿐히 떨어져 내렸다. 황태였다.

"같이 좀 갑시다."

"불편하지 않으시겠어요?"

"누워서 가는데 뭐가 불편하겠소."

황태가 지붕에 드러눕자 차소령은 실소를 머금으며 속도를 높일 것을 지시했다.

두두두!

황태는 마차의 움직임에 몸을 맡긴 채 하늘을 바라봤다. 며칠 동안 잔뜩 흐렸던 하늘이 오늘은 찍으면 묻어날 것처럼 높고 푸르렀다.

창천 위로 얼굴 하나가 떠올랐다.

'언제까지 공짜 밥을 먹을 순 없으니 나도 일을 하기로 작정했소. 당신의 여자를 지켜 주는 일이면 밥값으로 충분할 거라 보는데…… 후후후.'

그때 마차의 창이 열리고 동방리가 고개를 내밀었다. 황태는 지붕 위로 쏘옥 올라온 동방리의 얼굴을 발견하고는 일어나 앉았다.

"또 외출인가요?"

"답답해서……. 안 된다면 돌아가겠소."

동방리는 황태를 빤히 직시했다. 그러다가 미간을 좁히며 말했다.

"여전히 술은 안 된다는 거 아시죠?"
"알겠소."
탁.
마차의 창이 닫히는 소리를 들으며 황태는 다시 벌러덩 드러누웠다.
'이런 삶도 나쁘진 않을 것 같네.'

* * *

철혈가에서 하루 거리 정도 떨어진 곳에 위치한 도시.
그 도시의 가장 화려한 저잣거리로 동방리와 소향을 태운 마차가 들어섰다. 철혈가를 나선 지 정확하게 하루하고 반나절이 지난 시점이었다.
반나절이 더 걸린 이유는 소향을 배려해 속도를 최대한 늦췄기 때문이다.
"여기서부터는 걸을게요."
소향의 목소리에 차소령은 마차를 세웠다.
소향과 동방리가 마차 밖으로 나서자 오가던 사람들의 시선이 집중되었다. 두 여인의 뛰어난 미색도 미색이지만, 주작전이 풍기는 위압적인 분위기가 대단했던 까닭이다.
두 여인이 밖으로 나서자 황태도 지붕에서 내려왔다.

그런 그의 손에 검 한 자루가 쥐여 있었는데, 송영이 검이 완성될 때까지 쓰라고 준 철검이었다.

모두는 저잣거리에서 가장 큰 객잔으로 향했다.

오늘 밤은 여기서 머물고 내일 아침 청룡사로 향할 예정이었다.

황태는 맨 뒤에서 걸었다.

그는 저잣거리 곳곳을 구경했다. 과거였다면 아무런 감흥조차 느끼지 못했을 그였지만, 내면이 바뀌기 시작하면서 새로운 환경과 사람 구경에 흥미를 더하는 중이었다.

조영이 황태를 향해 넌지시 말을 건넸다.

"저기 저 객잔의 술맛이 천하일미인데…… 참을 수 있겠습니까?"

황태는 미간을 찡그리며 객잔을 응시했다.

두 마리 청룡이 하늘을 향해 승천하려는 조각상의 맨 위에 술 항아리가 있었다. 술에 얼마나 자신이 있었으면 저렇게까지 해 놓았을까.

조영이 음흉한 표정으로 말을 이었다.

"술잔에 손만 가져가도 바로 일러바칠 겁니다?"

황태는 동방리의 뒷모습을 힐끗 쳐다보고는 조영을 향해 씩 웃었다. 그게 그의 대답이었다.

조영도 히죽 웃었다. 무언의 협박이었다.

잠시 후 모두는 객잔의 맨 위층으로 올라가서 자리를 잡았다. 자리가 부족했던 탓에 주작전은 일 층에 머물러야 했다.

차소령이 입구 쪽에 앉았고, 서위령과 조영은 창 쪽에 자리를 잡았다.

황태는 서위량에게 물었다.

[호위를 이렇게 하는 건가?]

[그렇소.]

[나는 어디에 앉으면 되지?]

[아무 데나 앉으시오.]

서위량의 그 말이 황태에게는 당신 없이도 충분하다는 말로 들렸다.

황태는 피식 웃으며 두 사람의 뒤쪽에 앉았다.

그때 점소이가 다가왔다.

"저…… 손님, 일행이시면 합석을 해 주시면 감사하겠습니다. 조금 있으면 가장 바쁠 시간인데 보시다시피 자리가 거의 없어서 말입니다."

"그래?"

황태는 군말 없이 조영과 서위량의 탁자로 이동했다. 과거의 그를 아는 사람이라면 상상조차 못할 변화였다.

잠시 후 요리가 나오면서 식사가 시작되었다.

황태에게 다행이라면 조영과 서위량이 술을 시키지 않

앉다는 점이었다.

 모두는 소향과 동방리의 속도에 맞춰 식사를 했다. 모처럼 외출을 한 소향은 얼굴에서 웃음기가 떠날 줄을 몰랐고, 그건 그 모습을 지켜보는 차소령도 마찬가지였다.

 하지만 한 사람, 서위량은 식사를 하면서도 창밖과 객잔 전체를 수시로 살폈고, 간혹 손님이 올라올 때면 그들이 자리에 앉을 때까지 젓가락을 내려놓고 집중하는 모습을 보였다.

'어린 녀석이 제법이군.'

 황태는 서위량과 친분이 거의 없었다. 다만 그가 송영과 친구라는 것은 알고 있었다.

 간혹 시선이 마주칠 때면 서위량이 자신의 동행을 별로 달가워하지 않는다는 것을 느낄 수 있었다.

"내가 같이 온 것이 마음에 들지 않는 모양이군."

"며칠 전에 혈가의 공격이 있었지 않소?"

"그게 왜?"

"이번에도 없으란 법은 없으니까."

 황태는 비로소 이해가 갔다. 그러니까 지금 서위량은 자신이 위험을 몰고 다닌다고 여기고 있는 것이었다.

 충분히 납득이 갔지만 그렇다고 죄지은 사람처럼 굴 생각은 추호도 없었다.

"그런 일이 벌어지면 내가 책임을 질 테니 사람 좀 곱

게 쳐다봐라."

"나는 우리 주군 말고는 다 똑같이 쳐다보는 사람이오."

그 말에 황태는 조영을 쳐다봤다.

조영이 씩 웃으며 말했다.

"이 친구 말이 맞습니다. 사실 저도 적응하는 데 한참 걸렸습니다."

"……."

그때였다. 창밖을 내다보던 서위량의 눈빛이 변하는 것을 본 황태는 재빨리 고개를 돌렸다.

저잣거리 북쪽에서 한 무리의 승려들이 걸어오고 있었다. 그런데 이상한 것이 승려라면 마땅히 지녀야 할 염주와 목탁이 아닌 온갖 무기로 중무장을 하고 있었다.

황태는 미간을 좁히며 중얼거렸다.

"요즘은 중들도 칼밥을 좋아하나 보군."

* * *

"주군, 저기를 좀 보십시오."

술잔을 기울이던 연후는 철우가 가리킨 곳으로 시선을 돌렸다.

한 무리의 승려들이 온갖 무기로 중무장을 한 채 저잣

거리를 걸어가고 있었다.
"이 근처에 청룡사가 있는데…… 혹시 그곳에 무승들이 있었나?"
"제가 알기로는 없습니다."
"그럼 저 친구들은 뭐지?"
중무장을 한 채로 거리를 활보하는 승려들은 흥미를 불러일으키기에 충분했다.
"뒤를 따라가 볼까요?"
"됐어. 그냥 식사나 해."
연후는 도시의 치안 능력을 믿었다. 또한 철혈가에서 하루밖에 떨어지지 않은 곳이라 큰 불상사는 일어나지 않을 거라는 확신도 있었다.
'그나저나 불과 일 년 사이에 많이도 발전했군. 이 정도 속도면 몇 년 후에 대도시로 발돋움할 수도 있겠어.'
점차 북부의 발전을 체감되기 시작했다. 그럴 때면 괜히 기분이 좋았다.
"저 작자들…… 승려가 아닌 것 같은데요?"
서령의 그 말에 연후는 그녀를 응시했다. 서령이 승려들을 가리키며 말을 이었다.
"머리가 너무 하얘요. 마치 방금 민 것처럼……. 승려들은 햇볕에 그을려서 저렇게까지 하얘지는 않죠. 방금 불문에 귀의를 한 사람이면 모를까."

연후는 다시 승려들을 돌아봤다. 과연 서령의 말처럼 승려들의 머리가 지나치게 희었다.

승려들은 머리가 조금만 올라와도 가만두지 않는다. 따라서 오랫동안 승려 생활을 한 사람이면 저렇게까지 하얄 수는 없었다.

"그렇군."

"아무래도 수상한데……. 제가 따라가 보겠습니다."

"그렇게 해. 너무 늦지는 말고."

"알겠습니다."

철우가 객잔을 나섰다.

연후는 이내 승려들에게서 시선을 떼고 술잔에 술을 따랐다.

쪼르륵.

"천하태평이시네요. 수상한 자들을 보고도 말이에요."

"내가 지금껏 어떤 자들과 싸웠는지 잊은 모양이군."

"……."

서령이 눈을 위로 치뜨더니 이내 샐쭉한 표정을 지었다.

"하긴, 당신한테 저런 자들쯤은 하룻강아지만도 못하긴 하겠네요."

쪼르륵.

연거푸 두 잔을 비운 서령이 세 번째 잔을 입안에 털어 놓고는 말을 이었다.

"이제 광마혼을 취할 방법을 강구해야 하는 거 아닌가요? 서문회가 언제 아수라천마의 마공을 대성할지 모르잖아요."

"생각 중이다."

좋았던 기분이 한풀 꺾였다.

모든 것이 완벽하게 흘러가는 이 시점에서 유일한 걱정거리는 바로 마공을 대성한 서문회에 맞설 수 있는 힘을 지녀야 한다는 문제였다.

그러자면 광마혼을 얻어 광마의 검을 완성하는 것밖에는 길이 없었다.

'적혼을 혈가 밖으로 끌어내야 하는데…….'

* * *

식사를 끝낸 동방리 일행은 곧장 청룡사로 향했다.

당초 계획은 객잔에서 밤을 보내고 내일 아침에 청룡사로 향할 예정이었지만 시간이 넉넉했던 까닭에 바로 출발을 한 것이다.

차소령은 이동 속도를 빨리했다.

해가 떨어지기 전에 청룡사에 도착해야 했다. 그런 다음 그곳에서 밤을 보내고 다음 날 예불을 드린 후에 돌아올 계획이었다.

두두두!

저잣거리를 빠져나오자 관도가 바로 나왔고, 관도 위에 사람이 거의 없어서 제 속도를 낼 수 있었다.

황태의 자리는 올 때와 마찬가지로 마차의 지붕이었다.

그리고 서위량은 가장 선두를 맡았다. 곧 있으면 청룡사가 있는 산의 초입이 나타나고, 그곳에서부터는 길이 험해지기 때문에 사전에 위협이 될 만한 것을 살펴보기 위함이었다.

황태는 그러한 서위량을 응시하며 흐릿하게 웃었다.

'이런 쪽으로는 타고난 놈이군.'

자신을 대하는 태도가 오만하기 짝이 없지만 황태는 서위량이 왠지 마음에 들었다.

덜컹!

돌부리를 지나간 걸까?

마차가 한순간 크게 흔들렸다.

하지만 황태는 미동조차 않았다. 놀랍게도 그의 몸은 마차의 지붕에서 허공으로 살짝 떠 있었다. 일종의 수련을 하는 중이었다.

두두두!

마차는 점점 더 빨라졌다.

이윽고 산이 나타나더니 관도 우측으로 휘어지는 길이

모습을 드러냈다.

마차는 곧장 관도를 벗어나 산으로 향하는 길로 들어섰다.

그리고 잠시 후 더 이상 마차가 오를 수 없는 곳에 이르러 동방리와 소향이 마차 밖으로 나섰다.

"너희 다섯은 마차와 말을 지켜라."

"예!"

대원 다섯을 남겨 두고 모두는 산의 초입으로 들어섰다. 차소령이 선두에, 조영과 주작전이 동방리와 소향의 바로 뒤를 따랐고, 황태는 여전히 맨 뒤에서 움직였다.

초입에서 청룡사까지 거리는 얼마 되지 않았다. 하지만 워낙에 숲이 가파르고 우거져 있어서 청룡사에 도착할 때까지는 경계에 만전을 기해야 했다.

아무리 철혈가의 권역이라도 어디에 위험이 도사리고 있을지 모를 일이었다.

하지만 우려와는 달리 청룡사의 산문에 이를 때까지 별다른 일은 일어나지 않았다.

"저곳이군요."

소향이 숲 너머로 보이기 시작한 청룡사를 바라보며 반색했다. 다른 사람들과는 달리 그녀의 얼굴은 붉게 상기되었고, 살짝 벌어진 입술을 통해 거친 숨이 흘러나오고 있었다.

차소령이 손을 내밀었다.

"제 손을 잡으세요, 아가씨."

"괜찮아요. 그냥 저 혼자 걸어갈래요."

그때였다.

까가강!

"으아악!"

"크아악!"

돌연 청룡사 쪽에서 처절한 단말마가 터졌다.

차소령이 반사적으로 소향의 앞을 막아섰고, 조영이 대신 선두로 뛰쳐나갔다.

황태는 태연하게 뒤쪽을 살폈다. 하지만 뒤쪽과 주변에서 느껴지는 기척은 없었다.

'아까 그놈들인가?'

황태는 저잣거리를 지나갔던 승려들을 떠올렸다. 외형은 승려의 모습을 하고 있었지만 분위기는 마인들과 다름없는 그들이 왠지 거슬렸다.

황태는 곧장 청룡사로 몸을 날리려다 말았다.

'역할에 충실하자.'

그는 자신의 역할을 동방리의 호위로 못 박아 놓고 있었다. 청룡사에 무슨 일이 벌어지든 자신과는 무관한 일이었다.

그때였다.

팡!

'응?'

황태의 얼굴이 슬며시 일그러졌다. 동방리가 땅을 박차고 뛰어오른 것이다.

놀란 조영이 그 뒤를 따랐다.

순식간에 둘이 청룡사의 정문에 이르렀을 때 황태는 차소령에게 한마디 했다.

"먼저 가겠소."

쾅!

땅을 박차고 뛰어오른 황태.

혈가의 가주 적혼조차 함부로 하지 못한 그의 경공술은 차소령을 비롯한 모두를 경악시켰다.

차소령의 눈빛이 무겁게 가라앉았다.

'분위기가 예사롭지 않다 했더니 역시 고수였어.'

* * *

먼저 청룡사로 올라선 서위량은 난데없이 터진 비명에 재빨리 방향을 틀었다.

그리고 잠시 후 대웅전 주변에서 얽혀 있는 승려들을 발견하고는 미간을 좁혔다.

'저자들은……'

두 패로 나뉜 승려들.

그중 한쪽은 저잣거리에서 봤던 승려들이었다. 물론 그들을 상대하는 쪽은 청룡사의 승려들이리라.

'도와야 하나?'

서위량은 선뜻 판단을 내리지 못했다. 승려들 간에 무슨 사연이 있는지 모르겠지만 괜히 남의 싸움에 끼어들고 싶지는 않았다.

'아니지. 여기는 엄연한 북부의 권역……. 그렇다면 내가 나설 명분은 충분하겠군.'

생각을 굳힌 서위량은 피가 튀는 혈전의 한가운데로 뚝 떨어져 내렸다.

"멈추시오!"

공력이 담긴 나지막한 그의 외침에 양쪽이 싸움을 멈추고 뒤로 물러섰다.

"뉘시오!"

"넌 뭐야!"

동시에 양쪽에서 반응이 나왔다.

첫 번째는 청룡사 쪽이었고, 두 번째는 의문의 승려들이었다.

서위량은 청룡사의 승려들을 향해 물었다.

"이자들이 왜 당신들을 공격하는 겁니까?"

"모르겠소. 저 흉악한 자들이 다짜고짜 대웅전으로 쳐

들어와 빈승들을 공격했소이다!"

 서위량은 의문의 마승들을 돌아봤다.

 그때였다.

 "넌 뭐하는 새끼야!"

 쐐액!

 대도 하나가 서위량을 향해 날아들었다. 서위량은 옆으로 두 걸음 빠지면서 대도를 후려쳤다.

 꽝!

 "억!"

 대도를 휘두른 승려가 외마디 신음과 함께 뒤로 물러섰다.

 서위량은 검을 들어 의문의 승려들을 겨냥하며 싸늘히 외쳤다.

 "나는 철혈가에서 온 사람이다. 지금부터 한 번만 더 칼질을 하려 들면 철혈가에 대한 공격으로 간주하겠다."

 "……!"

 "철혈가가 왜……."

 승려들이 경악했다.

 그때 서위량의 옆으로 황태가 떨어져 내렸다. 조영과 동방리가 뒤를 이었다.

 조영은 눈앞에서 벌어지고 있는 싸움보다 황태에게 추월을 허용한 것이 더 놀라울 따름이었다.

휘리릭!

"손가락 하나 까딱하면 죽는다?"

황태는 검을 가슴에 안은 채 승려들을 향해 한 줄기 경고성을 날리고는 대웅전의 지붕으로 고개를 돌렸다.

[나요.]

"……!"

[다 죽이지 말고 몇 놈은 그냥 도주하게 놔두시오. 뒤를 쫓아가 배후를 알아봐야 하니까.]

철우였다.

그가 대웅전의 지붕에 앉아 있었다. 각도 때문에 다른 사람들은 볼 수 없었지만 황태의 감각은 속이지 못한 것이다.

[주군께서 저잣거리 객잔에 머물고 계시니 저들 중 한 명을 보내어 모셔 오도록 하시오.]

[알겠소.]

황태는 동방리를 돌아보며 말했다.

"가주는 그냥 가만히 계셔도 될 것 같소."

"그러죠."

동방리가 뒤로 물러났고, 조영이 그녀의 곁을 지켰다.

서위량이 승려들을 향해 싸늘히 외쳤다.

"검을 버려라!"

"닥쳐, 개새끼야!"

"철혈가고 나발이고 쳐라!"

파파팟!

승려들이 일제히 달려들었다. 그중 셋은 황태를 노렸다.

황태의 입꼬리가 치켜 올라갔다.

씨익.

"그런 자세…… 아주 좋아. 그래야 죽일 맛이 나거든. 후후후."

황태가 가슴에 품고 있던 검을 뽑았다. 그리고 뽑는다 싶은 순간, 어느새 그의 검은 광망을 뿌리며 승려들을 향해 날아갔다.

퍼퍽!

"크악!"

"으아악!"

잘린 머리 두 개가 피를 뿌리며 날아갔다. 뒤이어 서위량의 검이 또 하나의 머리를 쳐 냈다.

퍽!

"크억!"

[몇 놈은 도주하게 놔둬라.]

황태의 전음에 서위량이 그를 돌아봤다.

씨익.

[네 상관이 그러라고 하네. 그리고 적을 앞에 두고 한눈을 팔아서야 쓰나.]

번쩍!

황태의 검이 다시 한번 허공을 갈랐고, 이번에도 두 개의 머리가 사정없이 잘려 날아갔다.

서위량도 질세라 두 승려의 머리와 허리를 베고는 또 다른 승려의 가슴에 검을 쑤셔 박았다.

퍽!

"컥!"

이 정도면 봉사가 아닌 이상 자신들이 감당할 수 없는 고수라는 것쯤은 파악했을 터.

아니나 다를까. 승려들이 도주하기 시작했다.

서위량이 그들을 쫓으려 했다. 하지만 조금 전에 황태가 한 말을 떠올리고는 제자리로 돌아왔다.

"방금 그게 무슨 말이오?"

"철우, 그 친구가 여기 있었다."

"……!"

서위량이 주변을 두리번거렸다.

"벌써 놈들을 쫓아갔을 거다. 아! 그리고 철혈가주가 저잣거리 객잔에 있다고 하던데?"

* * *

연후는 철우가 돌아오기를 기다리며 서령과 술잔을 기

울였다. 일부러 잔을 비우는 속도를 느리게 가져갔지만 한 병, 두 병을 비우고 세 병째마저 바닥을 드러낼 때까지 철우는 돌아오지 않았다.

"너무 늦네요. 혹시 무슨 일이 벌어진 건 아니겠죠?"

"별일 없을 테니 술이나 마셔라."

쪼르륵.

탁.

술잔을 내려놓은 연후가 젓가락으로 안주 한 점을 집으려 할 때였다.

"주군!"

조영이 계단을 통해 올라섰다.

연후는 미간을 좁히며 물었다.

"네가 여긴 어쩐 일이지?"

"여기 계시다고 해서 모시러 왔습니다."

"뭐?"

"그게……."

조영이 자초지종을 늘어놓았다. 연후는 저잣거리를 지나가던 가짜 승려들을 떠올리며 다시 미간을 좁혔다.

'어째 느낌이 이상하다 싶더니…….'

탁!

서령이 술잔을 내려놓으며 일어섰다.

"뭐하세요? 얼른 청룡사로 가야죠!"

연후도 채워져 있던 잔을 비우고 일어섰다. 조영이 그제야 악소가 보이지 않는 것을 깨닫고는 물었다.

"악소 님은 어디 계십니까?"

"일이 있어서 어디로 좀 보냈다."

"아, 예."

"앞장서."

"옙!"

 그때였다. 점소이가 객잔을 나서려던 연후 일행을 막아섰다.

"계산을 하지 않으셨는데……."

"……."

 연후는 서령을 돌아봤다.

 가지고 있던 돈을 광산을 향하던 길에 마주쳤던 무사들에게 다 줘 버린 바람에 지금 그는 빈털터리였다.

 서령이 어깨를 으쓱하고는 조영을 돌아봤다.

"나도 없는데……."

 돌아가는 상황이 자신이 계산을 해야 할 것 같은 느낌을 받은 조영이 점소이를 향해 눈에 불을 켰다.

"어이, 이분이 뉘신지 알고……."

[그냥 계산해라.]

"……."

 연후와 서령이 먼저 계단을 내려가자 조영은 한숨을 푹

내쉬고는 점소이를 노려봤다.
"얼마냐?"
"은자 다섯 냥입니다."
"뭐? 확실해?"
"예. 저희 객잔은 절대 고객을 속이지 않습니다. 정 믿지 못하시겠다면……."
"됐어, 인마!"
조영은 품속에서 은자 다섯 냥을 꺼내어 점소이에게 건넸다.
그러고는 휙 돌아서려다가 연후와 서령이 마시던 술이 조금 남은 것을 확인하고는 술병을 챙기고 고기 한 점을 입안에 털어 넣었다.
'더럽게 맛있네.'

* * *

청룡사로 들어선 연후.
가장 먼저 동방리가 달려왔다.
둘의 시선이 허공에서 얽혀들었다.
연후는 기분이 묘했다. 지금껏 그녀가 이렇게까지 반가웠던 적은 없었다.
"오셨군요."

"괜찮소?"

"그럼요. 저는 괜찮아요."

둘의 대화는 여기까지였다. 동방리는 이내 서령을 보며 활짝 웃었다.

"여행은 괜찮았어요?"

"그럼요. 너무 재밌었어요."

서령도 웃었다.

연후는 미간을 좁혔다.

'여행?'

그는 두 여인을 번갈아 응시하며 백야벌을 향하기 직전에 둘만의 뭔가가 있었음을 직감했다.

"주군을 뵙습니다!"

서위량이 다가와 머리를 조아렸다.

연후는 그의 어깨를 다독거려 주고는 황태를 응시했다. 황태가 연후를 보며 멋쩍게 웃었다.

"밥값이나 해 볼 생각에 따라왔소."

밥값? 이건 또 무슨 소리일까.

그때였다.

"아미타불. 가주를 뵙습니다."

한 노승이 불호를 외며 머리를 조아렸다. 청룡사의 주지승이었다. 뒤에 서 있던 승려들도 일제히 합장하며 머리를 숙였다.

북부의 권역에 있으면서도 연후를 주군이라 칭하지 않는 것은 그들이 불가의 귀의를 한 몸인 까닭이었다. 북부뿐만이 아니라 천하의 어떤 세력도 불가는 논외의 존재로 여기며 존중해 주고 있었다.

"불상사가 있었다고 들었소."

"그러했으나 저 시주들께서 도움을 주시어 다행히 곤경을 면할 수 있었습니다. 다시 한번 감사드립니다."

묵묵히 고개를 끄덕인 연후는 뒤늦게 소향과 차소령이 보이지 않음을 깨닫고는 동방리를 돌아봤다.

동방리가 말했다.

"많이 놀라신 것 같아서 먼저 안으로 모셨어요. 저도 이제 가 봐야 해요. 그럼 안에서 봬요."

연후는 안으로 들어가는 동방리의 뒷모습을 응시하다가 주지승을 돌아봤다.

마침 주지승이 손을 들어 안쪽을 가리켰다.

"안으로 드시지요."

"고맙소."

잠시 후 연후는 주지승과 마주 앉았다. 서령과 황태가 동석했다.

연후는 대뜸 물었다.

"그들이 가짜 승려라는 걸 알고 있소?"

"……가짜였다니요? 빈승은 전혀 몰랐습니다."

"그들의 정체만큼이나 중요한 건, 그들이 왜 청룡사를 공격했냐 하는 것이오. 혹시 짐작 가는 바라도 있으시오?"

"전혀요. 일이 벌어지고 난 후, 지금껏 생각을 해 봤지만 마땅히 떠오르는 게 없었습니다. 저희는 그저 평범한 절에 불과한 곳인데 무림인들이 왜……."

주지승이 당혹감에 말을 다 잇지 못했다.

연후는 다시 물었다.

"혹시 값비싼 보물 같은 것이라도 있소?"

"불가의 제자들에게 가장 고귀한 것은 불상이지요. 하지만 그조차도 속인들의 눈에는 그저 돌을 깎아서 만든 것에 불과할 터……. 그것 말고는 속세의 무리들이 탐낼 만한 것은 없습니다."

연후는 이것저것을 더 물었지만 딱히 의심스러운 구석은 없었다.

그는 마지막에 추상과도 같은 어조로 말했다.

"본인이 다스리는 북부에서 사람이 죽어 나가는 일이 벌어졌소. 청룡사가 비록 불가의 영역이지만 내가 봤으니 결코 그냥 넘어갈 순 없소. 주지께서는 이후에라도 의심스러운 부분이 있으면 숨기지 말고 내게 전해야 할 것이오."

"그리하겠습니다."

잠시 후 주지승이 돌아갔다.

연후는 곧장 황태에게 물었다.

"칼을 섞어 봤으면 놈들의 수준을 파악했을 텐데…… 어느 정도였소?"

"단순한 도적 떼라고 보기에는 분위기부터가 다른 놈들이었소. 가짜 승려라고 하니까 드는 생각인데……굳이 뭔가를 훔치거나 약탈할 생각이었다면 굳이 승려로 변장을 할 이유가 없을 것 같은데 말이오."

연후는 묵묵히 고개를 끄덕였다.

그 역시도 같은 생각이었다. 단순히 신분을 감출 생각이면 머리를 밀 것이 아니라 복면을 쓰면 될 일이었다.

서령이 끼어들었다.

"승려로 변장을 했다는 것은 일이 터진 후에 다른 승려나 절을 범인으로 몰아가기 위함이 아닐까요? 만약 우리도 그들을 진짜 승려라고 봤다면 당연히 다른 절을 배후로 의심했을 테니까요."

"그렇군."

황태가 고개를 끄덕이고는 입을 열었다.

"청룡사와 경쟁 관계에 있거나 원한이 있는 절을 조사하면 될 것 같은데……."

"일단 해가 뜨면 주지승을 다시 한번 만나 봐야 할 것 같소. 그리고 철우가 뒤를 쫓아갔으니 뭐라도 건져 올 거요. 그나저나 밥값을 해 볼 생각에 따라나섰다는 말은 무슨 뜻이오?"

"아…… 그냥 뭐, 동방가주 덕분에 목숨을 구했으니 호위라도 해 줄까 싶어서 따라와 봤소."

황태는 당신 여자를 지켜 주려고 따라왔다는 말이 목구멍까지 넘어왔지만 일부러 말을 돌렸다.

"몸은 다 회복된 거요?"

"완벽한 정도까지는 아니오."

그때였다.

"들어가도 될까요?"

동방리의 목소리였다.

"들어오시오."

동방리가 문을 열고 들어섰다. 그런데 뒤에 차소령이 있었다.

"주군을 뵙습니다."

이제는 주군이라는 말이 꽤 자연스럽게 흘러나왔다.

연후는 차소령이 건네는 인사를 받고는 동방리에게 물었다.

"소저는 좀 어떠하시오?"

"많이 놀라기는 하셨지만 걱정할 정도는 아닌 것 같아요."

"차 전주."

"예."

"머지않아 백야벌로 돌아가게 될 거요. 그때까지는 소저의 건강에만 신경을 쓰도록 하시오."
"알겠습니다."
"그리고 백야벌로 돌아가면 더 이상 나를 주군이라 부르지 않아도 상관하지 않겠소."
"아닙니다. 저 차소령이 비록 여인의 몸이지만 한 번 맹세한 것은 어기지 않습니다. 이후 백야벌로 돌아가 그곳에서 생활을 한다 하여도 저의 주군은 오직 한 분뿐이십니다. 하니 방금 하신 말씀은 거두어 주십시오."
연후는 차소령의 눈빛만으로 그녀가 절대 고집을 꺾지 않을 것임을 알 수 있었다.
"후회하지 않겠소?"
"그럴 일은 절대 없습니다."
지켜보던 황태는 기가 막혔다.
'사람을 끄는 뭔가가 확실히 있긴 한데…… 아무리 그래도 차기 검후라 불리는 천하의 주작전주가 이렇게까지 나오다니…….'
"알겠소. 차 전주의 뜻이 그러하다면 방금 한 말을 취소하겠소."
"감사합니다, 주군."
"내일은 내일이고, 기왕에 이렇게 모였으니 술 한잔합시다."

연후의 그 말에 모두가 휘둥그레졌다.
동방리가 말했다.
"여기…… 절인데요?"
"……."

* * *

다음 날 아침.
연후는 청룡사의 주지승과 다시 만났다.
그가 주지승과 대화를 나눌 때, 다른 사람들은 청룡사 곳곳을 둘러보며 시간을 보냈다.
다행히 소향은 밝은 모습으로 대웅전에서 예불을 드렸고, 동방리도 그녀의 곁에서 함께 절을 하며 소원을 빌었다.
서위량, 조영은 만약의 사태에 대비해 대웅전 밖에서 주변을 경계했고, 황태는 지붕에 올라 산 아래를 감상하며 콧노래를 흥얼거렸다.
그러다가 멈칫하더니 쓴웃음을 지었다.
'내가 콧노래를 다 부르다니…….'
요즘 들어 더욱 확연히 느낄 수 있었다. 자신이 과거와는 완전히 다른 사람처럼 변했다는 것을.
그러한 변화가 생경했지만, 이대로 새로운 삶을 사는

것도 나쁘지 않을 것 같다는 생각에 마음이 평온해지곤 했다.

물론 그렇다고 복수를 잊은 건 아니었다.

'서두르지 않는다. 서두르면 당하는 건 나다. 시간이 얼마 걸려도 상관없으니 그자를 뛰어넘을 때까지 인내하고 또 인내한다.'

기분이 가라앉자 황태는 크게 심호흡을 하고는 눕혔던 몸을 일으켰다. 그러다가 눈빛을 발한 것은 산문을 넘어서는 철우를 보았을 때였다.

황태는 철우가 다가올 때까지 기다렸다가 물었다.

"어떻게 되었소?"

철우가 걸음을 멈추고 황태를 올려다봤다.

"주군께선 오셨소?"

"여기 주지와 대화 중이오."

"답은 주군께 먼저 해 드려야 해서……."

"뭐, 그러시오."

"어디 계시오?"

"거기 옆에."

철우는 황태가 턱짓으로 가리킨 곳으로 향했다. 대웅전 뒤쪽에 정자가 있었는데, 연후와 주지승은 그곳에 있었다.

"다녀왔습니다."

"어떻게 되었지?"

철우는 대답을 하기 전에 주지승을 응시했다.

"괜찮으니 말해라."

철우는 다시 연후를 응시하며 말을 이었다.

"공동파가 배후였습니다. 그들이 소림사를 음해할 목적으로 청룡사를 공격한 것입니다."

"감숙성의 그 공동파를 말하는 것이냐?"

"예."

공동파는 최근 들어 감숙성 일대에서 명성을 떨치기 시작한 문파로, 구대문파에 속해 있었다.

'같은 구대문파이면서 음해하려 한다면 무림맹이라는 단체도 시작부터 순조롭지 못한 모양이군.'

연후는 주지승을 돌아보며 물었다.

"소림사와 관계가 좋지 않소?"

"……"

"관계가 좋지 않으니 그것을 이용해 소림사를 음해하려는 게 아니겠소."

"사실은…… 빈승이 소림 출신입니다. 하아……."

주지승이 크게 한숨을 내쉬고는 말을 이어 나갔다. 그의 말은 이러했다.

주지승은 현 소림의 장문인과 같은 배분으로, 한때 차기 장문인으로까지 거론되었던 소림사의 기재였다.

하지만 스스로 그러한 것을 부담스럽게 여겨 거부 의사를 피력했음에도 현 소림의 장문인은 그를 시기하여 온갖 음해를 자행했다.

그러다가 크게 충돌했고, 그 와중에 사제 한 명이 목숨을 잃는 사태까지 벌어지면서 주지승은 소림에 회의를 느껴 그곳을 떠나와 이곳에 터전을 잡았다.

하지만 소림을 떠났다고 해서 모든 것이 끝난 것은 아니었다.

"달마조사께서 남긴 불경 하나가 사라졌는데, 그자는 빈승이 그것을 가져갔다고 의심하고 있습니다. 해서 지금껏 수차례에 걸쳐 사람을 보내어 추궁했고, 저는 아니라 항변하는 중이었습니다."

말을 들으면서 연후는 혜몽을 떠올렸다.

혜몽도 현 소림의 장문인을 탐탁지 않게 여기고 있었다.

'그러한 자가 장문인이 되었다면 소림도 속이 제대로 썩었다는 건데…….'

그때 철우가 말했다.

"근자에 구대문파와 오대세가가 소림사에서 재차 회합을 가졌는데, 결국 소림사의 장문인을 무림맹의 맹주로 추대하는 쪽으로 의견이 모아졌다고 합니다."

"그래?"

"예. 제가 쫓아갔던 놈들이 그 말을 하는 것을 똑똑히 들었습니다. 처음에는 맹주 선출에 난항을 겪었던 무림맹이었으나 언제까지고 맹주를 뽑지 않을 수는 없었고, 그에 결국 무림맹을 만드는 데 주체가 되어 주었던 소림사의 장문인이 맹주를 맡는 게 그래도 가장 낫지 않겠느냐는 식으로 의견이 모아진 것 같습니다."

연후는 묵묵히 고개를 끄덕이고는 주지승에게 다시 물었다.

"소림 쪽에서 무력을 행사할 수도 있다고 보시오?"

"그자라면 충분히 그러고도 남을 것입니다."

연후는 미간을 좁혔다.

그렇다면 청룡사는 소림사와 소림사를 음해하려는 공동파, 두 곳을 상대로 싸워야 하는 처지가 될지도 몰랐다.

연후는 잠시 생각을 했다.

그러고는 빨리 답을 찾아냈다.

"본 가의 무사들을 파견하겠소. 그들로 하여금 청룡사를 돕게 할 것이니 너무 걱정하지 마시오."

"……."

주지승이 두 눈을 부릅떴다. 그러더니 이내 머리를 숙이며 나지막이 불호를 터트렸다.

"아미타불. 보잘것없는 저희를 위해 도움을 주시겠다

니 그저 감사하고 또 감사할 따름입니다."

"청룡사를 위한 것만은 아니요."

"……."

"청룡사는 불가이니 본 가의 지배를 받지 않아도 되지만, 이곳을 찾는 사람들은 얘기가 다르오. 그들 모두는 북부의 백성들이니 주군의 입장에서 그들이 의지하며 즐겨 찾는 이곳이 잘못되는 것을 지켜볼 순 없소. 그래서 도움을 주고자 하는 것이오."

"그렇다 한들 어찌 감사한 마음을 품지 않을 수 있겠습니까. 아미타불."

속세의 감정 따위는 이미 훌훌 벗어 버렸을 법한 주지승의 눈가가 살짝 붉어져 있었다.

그만큼 그동안의 핍박이 심했으리라.

연후는 조금 더 대화를 나누고는 밖으로 나섰다. 마침 소향과 동방리도 예불을 마치고 대웅전을 나서고 있었다.

"다 끝났소?"

"예."

"하면 이만 돌아갑시다."

"예."

잠시 후 연후를 비롯한 모두가 떠나자 청룡사의 승려들은 산문 밖까지 배웅을 했다.

주지승이 멀어져 가는 연후의 뒷모습을 바라보며 중얼거리듯 말했다.
　"북부가 새로운 주군이 들어선 이후로 하루가 다르게 발전한다더니, 과연 그러고도 남을 만한 이유가 있었구나."

＊　＊　＊

　청룡사를 떠나 하산을 시작한 연후 일행이 산의 초입까지 내려왔을 때였다.
　차소령이 연후에게 다가왔다.
　"청룡사에 다녀와야 할 것 같습니다."
　"무슨 일이오?"
　"아가씨께서 목걸이를 놔두고 오신 것 같아서……. 제가 빨리 다녀오겠습니다."
　"알았소. 그럼 여기서 기다리고 있을 테니 천천히 다녀오시오."
　"감사합니다."
　"아, 조영, 그 녀석한테 사고 치지 말라는 말도 전해 주시오."
　"예!"
　"잠깐만요."

서령이 나섰다.

"제가 다녀올게요. 그러고 보니 저도 반지를 두고 온 것 같아요. 목걸이는 어젯밤 머물렀던 거처에 두고 오신 거죠?"

"그런 것 같아요."

"좋아요. 그럼 다녀올게요."

쾅!

차소령이 뭐라 하기도 전에 서령은 내려왔던 산으로 몸을 날렸다.

연후와 일행들은 마차와 말이 있는 곳으로 이동해 그곳에서 차소령에 내려올 때까지 기다리기로 했다.

* * *

조영은 청룡사에 남았다.

철혈가의 무사들이 도착할 때까지 혹시 모를 사태에 대비하기 위함이었다.

"한 며칠 혼자 놀게 생겼네."

조영은 지붕 위에 드러누워 창천을 떠다니는 구름을 바라보다가 그대로 깜박 잠이 들었다.

그렇게 반 시진쯤 지났을까?

조영은 적과 싸우다가 목이 날아가는 악몽을 꾸고는 눈

을 떴다.
"후우…… 꿈이었구나."
 꿈이 얼마나 생생했는지 온몸이 식은땀으로 흥건했다.
 조영은 그대로 누워 멍하니 하늘을 바라봤다. 그러다가 아래쪽에서 들려온 소란에 미간을 좁히며 일어섰다.
"응?"
 정문에 승려들이 모여 있었다.
 청룡사의 승려들이 누군가를 막기 위해 잔뜩 모여 있었는데, 그 맞은편에도 역시 승려들이 제법 있었다.
'소림사…….'
 한눈에 소림의 무승들이라는 것을 알아본 조영은 맞은편 지붕으로 가볍게 이동했다. 그곳에서 그는 흥미로운 얼굴로 상황을 지켜보았다.
"장문인의 명으로 주지를 뵈러 왔으니 썩 비켜라!"
"흥! 주지께서는 볼일 없다고 하셨소! 하니 이만 물러가시오!"
"비키지 않으면 무력을 행사할 것이다!"
"소용없으니 냉큼 물러가시오!"
 청룡사의 승려들은 결코 물러서지 않았다.
 지켜보던 조영은 슬며시 눈살을 찌푸렸다.
'아예 상대가 되지 않겠는데……. 그나저나 소림의 승려들이 어째 저 모양일까? 저건 뭐 사파 놈들이나 다름

없잖아?'

 그때였다.

 퍼퍽!

 "으악!"

 "악!"

 청룡사의 승려 두 명이 비명과 함께 뒤로 나가떨어졌다. 소림의 승려들이 무력으로 밀고 들어선 것이다.

 "네 이놈들! 부처를 모시는 제자가 신성한 경내에서 무력을 행사하다니! 천벌이 두렵지 않느냐!"

 "흥! 천벌은 경전을 훔쳐 간 너희 주지가 받아야지 않겠느냐."

 퍼퍽!

 "으악!"

 또다시 두 명이 나가떨어지자 조영은 더 이상 지켜볼 수만은 없어 가볍게 뛰어내렸다.

 "잠깐!"

 난데없는 조영의 등장에 소림의 무승들은 그를 주목했다. 조영은 그중에서 수장으로 보이는 승려를 향해 다가가며 잔뜩 인상을 썼다.

 "어이, 당신들. 소림사에서 온 게 맞긴 한 거요?"

 "시주는 뉘시오?"

 "내가 먼저 물었잖소."

"그렇소. 우린 소림사에서 왔소. 하면 이제 시주의 정체를 밝히시오."

"철혈가의 조영이라고 하는 사람이오."

"……!"

소림의 무승들이 일제히 놀랐다.

"대충 돌아가는 상황은 들어서 알고 있는데…… 아무래도 그냥 돌아가 줘야겠소. 우리 주군께서 청룡사의 경내에서 이런 말도 안 되는 일이 벌어지는 것은 절대 용납하지 않겠다고 하셔서 말이오."

흠칫.

연후가 거론되자 다시 한번 무승들의 낯빛이 변했다. 하지만 거기까지였다.

"아무리 북부의 주군이라도 불가의 일에 관여할 순 없소이다. 하니 귀하야말로 더 나서지 말고 그만 물러서시오."

"이것 참, 말귀를 못 알아먹는 양반일세. 이봐, 우리 주군께서 하지 말라면 하지 말아야 하는 거야. 당신들 그러다가 공경해 마지않는 부처님 곁으로 가는 수가 있어?"

"말이 심하시오!"

찌잉.

"……!"

조영은 내심 경악했다.

승려의 외침이 귓속을 파고들어 몸속까지 흔들어 댄 것이다.

'뭐야, 이건…….'

놀라운 일이었다. 공력만 따지고 보면 그의 또래에서 최고라 할 수 있는 수준 조영인데, 속이 진탕될 정도의 사자후라니.

더 놀랍고도 이상한 것은 고작 이런 일에 저 정도의 고수가 나섰다는 점이었다.

여기서 조영은 강한 의심이 들었다.

'청룡사가 뭔가 감춘 게 있나? 아니면 이건 정말 이상한데…….'

일단 조영은 귀를 터는 시늉을 했다.

"시끄러워 죽겠네. 어이, 당신…… 한 번만 더 사자훈지 뭔지를 쓰면 나도 가만히 안 있어?"

사자후를 터트린 승려의 눈빛이 무겁게 내려앉았다. 방금 자신은 십성 공력을 이용해 사자후를 썼다. 그런데 조영은 지극히 멀쩡한 기색이었다.

'놀랍구나. 고작 저 나이에 나의 공력을 감당할 수 있다니…….'

그로서는 북부무림의 주군가인 철혈가와 엮일 순 없는 노릇이었다. 해서 사자후 한 방으로 기를 꺾어 물러나게 만들 목적이었다. 그런데 그게 무산된 것이다.

"다시 말하지만 귀하가 나설 사안이 아니니 어서 물러서시오, 시주."

"못하겠다면?"

"진정 이렇게 나올 거요?"

"오호! 지금 협박하는 거요?"

스르릉.

조영은 천천히 검을 뽑았다.

사실 그는 살짝 당혹스러웠다. 연후를 언급하면 물러설 줄 알았는데, 돌아가는 분위기를 보니 절대 그럴 것 같지가 않았다. 오히려 자신을 향해서도 무력을 행사할 것처럼 보였다.

'이것들이 처돌았나.'

"물러서시오, 시주."

"싫다니까?"

실룩.

승려의 얼굴 근육이 가는 경련을 일으켰다.

그때였다.

"멈추시오!"

뒤쪽에서 청룡사의 주지가 다가왔다. 그는 소림의 무승들을 노기 어린 눈으로 노려보고는 조영을 향해 말했다.

"더 이상 신성한 경내에서 피를 볼 수는 없습니다. 하니 시주께서는 그만 물러나 주시지요."

"저 작자들은 피를 봐서라도 자신들의 뜻을 관철시킬 모양인데…… 괜찮겠습니까?"

"빈승이 해결하겠습니다."

주지가 이렇게 나오니 조영도 어쩔 수 없었다. 그는 뽑았던 검을 거두고 뒤로 물러섰다.

조영은 산문 위로 훌쩍 뛰어올라 아예 그곳에 자리를 잡고 앉았다.

'뭘 어쩔 심산이지?'

* * *

잠시 후 주지와 소림의 승려가 자리를 떴고, 남은 소림의 무승들은 대형을 유지한 채 자리를 지켰다.

조영은 그들을 내려다보며 이채를 발했다.

'저게 십팔나한진이라는 건가?'

승려는 모두 열여덟 명이었다.

소림이 비록 백야벌과 팔대가문의 위세에 눌려 존재감이 미미하다지만 십팔, 백팔나한진의 명성은 강호의 모든 이들이 익히 잘 알고 있는 것들이었다.

조영은 무승들을 자세히 살폈다.

저마다 불끈 솟아오른 태양혈과 깊게 갈무리된 눈빛만으로도 상당한 수련을 거쳤음을 알 수 있었다.

의문의 무승들 〈53〉

'그나저나 불가의 제자라는 놈들이 분위기가 뭐가 이래. 이건 뭐, 황하수련 놈들이랑 별반 차이도 없잖아.'

조영은 무승들의 분위기가 거슬렸다.

그때였다.

"어이, 너희들, 이런 촌구석에서 궁상떨면서 살면 행복하냐? 이러자고 숭산을 뛰쳐나간 거냐?"

소림의 무승 하나가 청룡사의 승려들을 향해 비웃음을 날렸다.

"개방도들이 의형제를 맺자고 달려들겠네. 후후후!"

"크크큭!"

"흥! 불가에 귀의한 몸으로 탐욕에 찌들어 버린 네놈들보다야 백번 낫지 않겠느냐!"

"파락호만도 못한 놈들!"

청룡사의 승려들이 더 강하게 받아치자 분위기가 순식간에 험악하게 변했다.

조영은 기가 찰 노릇이었다.

'이 자식들…… 정말 소림의 승려가 맞긴 한 거야?'

"주둥이 함부로 놀리지 마라. 그러다 모가지 날아가는 수가 있어."

"신성한 경내에서 아무렇지도 않게 살생을 입에 담다니……. 네놈이 그러고도 불가의 제자라 할 수 있겠느냐! 추악한 냄새 때문에 숨을 쉴 수가 없으니 그 입 다물어라!"

청룡사의 승려들은 결코 물러설 기미가 없었다.

조영은 양측의 감정이 돌이킬 수 없는 지경에 이르렀다는 것을 깨달았다. 이렇게 나가다가는 한바탕 피바람이 불 것 같았다.

'불은 더 피우기 전에 밟아서 꺼야 하는 법.'

조영은 소림의 무승들을 향해 경고성을 날렸다.

"작작 좀 하지?"

소림의 무승들이 조영을 바라봤다.

조영은 청룡사의 승려들을 비웃었던 무승을 향해 한마디 더 했다.

"특히 너…… 그 입 좀 조심하지그래."

"내 말이 거슬리면 어디 한번 내 입을 막아 보시든가."

꿈틀.

조영의 눈썹이 칼날처럼 휘어졌다.

"하, 돌아 버리겠네."

조영은 땅으로 뛰어내렸다.

쿵!

일부러 두 발에 공력을 담은 까닭에 주변이 흔들리며 흙먼지가 치솟았다.

몇몇 무승들이 놀란 표정을 지었지만 대부분은 비웃음을 머금은 얼굴로 조영을 응시할 뿐이었다.

"승려가 승려다운 구석은 손톱만큼도 없고 어째 황하

수련의 도적놈들처럼 구는 거지? 너희들이 그러고도 불가의 제자라 할 수 있나?"

"당신이야말로 입을 함부로 놀리지 않는 게 좋을 것 같소. 그리고 우리를 모욕함은 곧 소림을 모욕하는 것임을 명심해야 할 거요."

"소림을 모욕하면 어떻게 되는데?"

"한 번 더 해 보시오. 어떻게 되는지 알려 줄 테니까."

쩔그럭.

무승이 목에 걸고 있던 염주를 끌러 손에 말아 쥐었다. 염주는 철로 만들어진 철주(鐵珠)였다.

어디 해볼 테면 해보자는 태도에 조영의 두 눈이 처음으로 살기를 머금었다.

"나도 한마디 할까?"

"얼마든지."

"나는 주군의 명으로 이곳에 남았다. 그런 나를 도발함은 곧 주군을 향한 도발과 다름없는 것. 그 후폭풍을 너희 소림 따위가 감히 감당할 수 있을 거라고 보나?"

"모욕은 그쪽이 먼저 했소."

"시비는 너희들이 먼저 걸었지."

"흥!"

"흥?"

"시주께서 그만 참으시지요."

청룡사의 승려가 나섰다.
그가 합장을 하며 말을 이었다.
"신성한 경내에서 피를 볼 순 없는 법이니 부디 노여움을 거두시기 바랍니다."
"그렇습니다. 하니 시주께서 그만 참아 주십시오!"
다른 승려들까지 나서자 조영은 치미는 부아를 애써 억누르며 소림의 무승들을 향해 다시 경고성을 날렸다.
"나는 분명 경고했다?"
쾅!
조영은 다시 지붕 위로 뛰어올랐다. 그리고 그곳에 가부좌를 틀고 앉아 소림의 무승들을 노려봤다.
그때였다.
콰쾅!
난데없이 대웅전 쪽에서 폭음이 울렸다.
뒤이어 문이 산산조각이 나며 누군가 밖으로 뛰쳐나왔다.
청룡사의 주지였다. 그를 쫓아 소림의 무승이 달려 나오며 맹공을 퍼부었다.
퍼퍽!
무승의 권법이 지나간 곳에서 흙먼지가 치솟았다.
난데없는 상황에 돌아보던 조영은 두 눈을 부릅떴다.
'권강……!'

권법의 최고 경지라 할 수 있는 권강(拳綱)이 틀림없었다.

"사숙!"

청룡사의 승려들이 황급히 자리를 뜨려 할 때였다.

소림의 무승들이 그들의 앞을 막아섰다.

"그 자리에서 꼼짝도 하지 마라!"

"비켜라!"

청룡사의 승려들이 달려들면서 싸움이 시작되었다.

"흥! 가소로운 것들이 감히……!"

퍼퍼퍽!

"으악!"

"우악!"

청룡사의 승려 두 명이 피를 뿌리며 날아갔다.

"분명 주군의 명이라 경고했거늘……."

지켜보던 조영의 눈에서 불꽃이 일었다.

"어이, 너희들. 정말 이럴 거야?"

"당신은 빠지라고 했을 텐데?"

"이것들이 정말."

쿵!

다시 뛰어내린 조영은 싸늘히 경고했다.

"너희 소림이 뭘 믿고 이러는지 모르겠지만…… 돌이킬 수 없는 실수는 하지 않는 게 좋을 거야."

"흥!"

조영은 피를 흘리며 쓰러져 있는 청룡사의 승려들을 살폈다. 부상은 입었지만 목숨에 지장은 없어 보였다.

"데려가시오."

청룡사의 승려 두 명이 동료들을 데리고 뒤쪽으로 물러났다.

조영은 소림의 무승들을 향해 돌아서며 천천히 검을 뽑았다.

스르릉.

그 와중에도 대웅전에서는 격렬한 싸움이 이어지고 있었다. 곳곳이 부서지고 파괴되면서 경내 곳곳에서 승려들이 뛰쳐나왔지만 아무도 둘의 싸움에 끼어들지는 못했다.

조영은 소림의 무승들을 향해 검을 겨누며 싸늘히 말했다.

"여기서 한 발자국만 안쪽으로 들어오면 알아서들 해?"

경고성을 날린 조영은 격전이 벌어지고 있는 대웅전으로 발길을 돌렸다.

그때였다.

"당신이 나설 자리가 아니라고 했다!"

소림의 무승들이 조영의 앞을 막아섰다. 열여덟 명이

움직이는데, 마치 한 사람이 움직이는 것처럼 빠르고 신속하며 정확했다.

"그쪽이야말로 한 걸음이라도 앞으로 나선다면 우리도 가만있지 않을 것이다. 후후후."

"기어이 선을 넘겠다 이거군."

"선을 넘은 것은 그쪽이지."

"마지막으로 경고하겠다. 북부를 통치하는 주군의 명이시니 물러서라."

"다시 말하지만 불가는 누구의 지배도 받지 않는다. 백야벌도 그러했고, 다른 가문들도 그러했으니 북부도 마땅히 따라야지 않겠나. 흥!"

싸늘한 코웃음에 조영은 나지막이 숨을 토했다. 더 이상 말해 봤자 소용이 없을 자들이었다.

조영은 검에 공력을 담아 천천히 들어 올렸다.

"그럼 어쩔 수 없지."

팟!

조영이 움직였다. 잔상이 꼬리를 물며 이어졌고, 뒤이어 두 승려와 정면으로 충돌했다.

꽈광!

조영이 뒤로 밀렸다.

그를 막았던 두 승려의 가사 일부가 찢겨 날아갔다. 다른 승려 하나가 조영을 향해 일권을 뻗었다.

조영은 허리를 뒤로 젖히며 상대의 손목을 후려쳤다. 하지만 그의 검은 허공을 베었고, 승려는 본래의 자리로 돌아갔다.

승려가 제자리를 찾아가자 나한진은 마치 처음부터 미동조차 않았던 것처럼 완벽한 진형을 유지했다.

'나한진이 이 정도였나?'

조영은 내심 경악을 금치 못했다.

두 승려를 공격했는데, 마치 열여덟 명 전체가 자신을 향해 움직이는 것 같았다.

찌이잉.

충격의 여파가 몸속을 흔들어 놓았다. 하지만 여기서 물러설 조영이 아니었다.

"그 정도 실력으로는 어림도 없으니 그만 포기하고 물러나시지그래. 후후후."

무승의 비아냥거림에 조영은 오히려 차갑게 웃었다.

"달리기 시합이나 해 볼까?"

"……뭐?"

쾅!

땅을 박차고 뛰어오른 조영은 나한진에서 한참 좌측으로 몸을 날렸다.

무승들이 그를 쫓아 움직였다.

처음에는 문제없이 나한진을 유지하며 조영을 쫓던 무

승들이었으나 점차 그들 사이에 속도 차이가 발생했고, 이내 나한진의 대형은 한순간에 무너져 버렸다.

번쩍!

조영은 등 뒤에서 날아다는 강맹한 기운에 허공에서 몸을 비틀며 검을 휘둘렀다.

한 줄기 금빛 광채가 조영의 검과 충돌하며 폭음을 일으켰다.

조영은 충격을 이용해 십 장 밖까지 날아가 땅으로 내려섰다. 그런 그의 앞으로 무승 세 명이 떨어져 내렸다.

씨익!

조영은 이를 드러내며 웃었다.

"이런 건 생각도 못했나 보군. 후후후."

파르르…….

나한진을 이끄는 무승의 눈빛이 흔들렸다.

지금 무승이 받은 충격은 어마어마했다. 생각지도 못했던 나한진의 약점을 고스란히 드러내고 만 것이다.

"공격 대상을 진 안에 가둬 놓지 못하면 아무짝에도 쓸모없는 진이었어. 후후후."

조영의 비아냥거림에 무승의 두 눈이 살광을 품었다. 붉게 달아오른 얼굴은 얼마나 분노하고 있는지를 말해 주고 있었다.

"네놈이 기어코 살계를 열게 만드는구나."

"누가 들으면 일부러 봐준 줄 알겠네. 퉤!"
조영이 거칠게 침을 뱉고는 자세를 고쳤다.
"들어와 봐, 땡중 새끼들아!"
그때였다.
"으악!"
"크아악!"
돌연 뒤쪽에서 처절한 단말마가 터졌다.
급격하게 돌아간 무승들의 눈에 피를 뿌리며 꼬꾸라지는 동료 두 명의 참혹한 모습이 비수처럼 박혀 들었다.
그리고 그곳에 서 있는 한 여인까지.
서령이었다.

* * *

조금 전.
서령이 경내로 들어서기가 무섭게 소림의 무승 두 명이 그녀를 향해 달려들었다.
난데없는 공격에 서령은 반격을 했고, 뒤늦게 그들이 소림의 무승들이라는 것을 깨닫고는 미간을 찡그렸다.
휘리릭!
세 명의 무승이 그녀의 앞에 떨어져 내렸다. 조영을 쫓아갔던 무승들이었다.

그들은 고통에 몸부림치는 동료의 모습에 분노하며 서령을 죽일 듯 노려보았다.

"그렇게 쳐다보지 마. 나를 먼저 공격한 것은 저놈들이었어."

"맞소! 저분이 경내로 들어서기가 무섭게 저자들이 달려들었소!"

청룡사의 승려 하나가 외치고 나섰다.

그러자 소림의 무승이 받아쳤다.

"저 여자가 마기를 지니고 있습니다! 그래서 공격한 것입니다!"

"그렇습니다!"

꿈틀.

서령의 눈썹이 칼날처럼 휘어졌다.

"고작 그것 때문에 다짜고짜 죽이려고 달려든 거였어?"

"불가의 제자들은 마인을 용서하지 않는다!"

"불가의 제자 같은 소리 하고 자빠졌네. 너희가 모시는 부처가 이러라고 가르치든?"

화가 났을까?

서령의 전신에서 강력한 마기가 흘러나왔다.

이제는 열여섯 명이 되어 버린 소림의 무승이 다시 나한진의 형태를 갖췄다.

그 와중에 청룡사의 승려들은 부상을 당한 소림의 무승

들을 챙겼다.

"감히 마녀 따위가 소림을 건드리다니……."

마침 조영이 서령의 곁으로 다가왔다.

"여긴 어떻게……."

"두고 간 물건이 있어서요. 그나저나 이게 어떻게 된 일이죠?"

"말하자면 깁니다. 당장은 저 미친놈들 정신머리부터 고쳐 줘야 할 것 같습니다. 하는 짓이 도저히 불가의 제자라고는 봐 줄 수가 없는 지경입니다."

"그 전에 주지승부터 도와줘야 할 것 같군요."

서령이 턱짓으로 대웅전 쪽을 가리켰다.

청룡사의 주지승이 확연히 밀리고 있었다. 부상을 입었는지 곳곳에서 피를 흘리고 있었는데, 이대로라면 얼마 버티지 못할 것 같았다.

서령은 소림의 무승들을 향해 경고성을 날렸다.

"누구든 덤비면 저놈들하고 같은 신세로 만들어 줄 거야. 알았어?"

"닥쳐라!"

소림의 무승들이 서령의 앞을 막아섰다.

조영이 피식 웃으며 말했다.

"저거 그냥 무시하고 가면 됩니다. 저 자식들…… 한 놈, 한 놈 떨어지면 뭣도 아닙니다."

조영의 그 말이 떨어지기가 무섭게 서령이 땅을 박차고 뛰어올랐다.

쾅!

옆에 섰던 조영이 고스란히 흙먼지를 뒤집어썼다. 그는 순식간에 허공을 가르며 대웅전을 향하는 서령을 보며 혀를 내둘렀다.

'어마어마하네.'

그때였다.

"배, 백발마녀다!"

"소수마공입니다!"

소림의 무승들이 경악성을 터트렸다. 허공을 가르는 서령이 두 손이 투명하게 변하는 것을 본 것이다.

나한진을 이끌던 무승도 두 눈을 부릅떴다.

항마(降魔), 제마(制魔)를 기본으로 하는 소림의 입장에서 소수마공의 등장은 충격적이지 않을 수 없었다.

* * *

'역시 자질만큼은······.'

연후는 동방리와 논검을 했다.

논검을 이어 가는 내내 그는 놀람을 감추지 못했다. 자신이 전수한 초식도 초식이지만, 동방가의 무공이 이전보다 한층 더 발전한 느낌이었다.

 초식을 이어 가는 흐름에 막힘이 없었고, 간혹 자신이 생각지도 못한 변수를 만들어 내 공격을 펼칠 때면 마치 몸에 한칼을 맞은 기분마저 들었다.

 '공력만 해결되면 엄청난 발전이 가능하겠군.'

 "이제 그만해요. 학학!"

 동방리가 거친 숨을 토하며 손사래를 쳤다. 육체적인 힘이 필요치 않은 논검임에도 연후를 상대하다 보니 호흡이 거칠어진 것이다.

 이 역시 공력의 부족함을 느끼게 하는 부분이었다.

 동방리가 평온하기 짝이 없는 연후를 응시하며 고개를 절레절레 흔들었다.

 "속상해요."

 "뭐가 말이오?"

 "난 이렇게 가슴이 터질 것 같은데 주군께서는 아무렇지도 않으시잖아요."

 연후는 빙그레 웃었다.

 "조금만 기다리시오. 혜몽이 최선을 다하고 있으니 곧 좋은 소식이 있을 거요."

 "그 귀한 것을 제가 먹을 순 없어요."

 그때였다.

 "주군."

철우가 다가왔다. 그가 손을 들어 산 위쪽을 가리켰다.
자연스럽게 고개를 돌린 연후는 하늘을 덮어 가는 시커먼 연기를 발견하고는 미간을 좁혔다.
"청룡사에 무슨 일이 벌어진 모양이군."
"그런 것 같습니다."
황태가 다가왔다.
"내가 가 보겠소."
"아니, 나와 철우가 다녀오겠소."
"보다 큰 세상의 주인이 되려면 지금부터라도 사람들을 부리는 습관을 들여 놓는 게 좋을 것 같은데……. 작은 일까지 챙기면 아랫사람들이 힘들어하는 법이오."
보다 큰 세상의 주인.
이 말이 연후의 가슴을 파고들었다.
철우가 나섰다.
"저희 둘이 다녀오겠습니다."
황태가 그 옆에 서며 씩 웃었다.
결국 연후는 물러섰고, 철우와 황태가 청룡사를 향해 떠났다.

* * *

장문인의 명령으로 청룡사에 온 명화(明華)의 얼굴이

붉게 상기되었다.
 '이 늙은이가 이렇게 강했다니……. 하면 부상 때문에 공력의 일부가 사라졌다는 건 헛소문이었단 말인가.'
 청룡사의 주지는 명화보다 한 배분이 높았다. 또한 더 강한 고수였다.
 하지만 지난날 사마의 무리들과 싸우던 도중에 중상을 입었고, 중상의 후유증으로 공력의 일부를 잃어버렸다. 그러했기에 명화는 자신의 압승을 확신했었다.
 하지만 막상 뚜껑을 열어 보니 그게 아니었다.
 '그래도 과거만큼은 아니다. 그렇다면 결코 내 상대는 못 된다.'
 화아악!
 명화의 전신이 뜨거운 열기를 뿜었다.
 그런 그의 두 손이 마치 달궈진 쇳덩어리처럼 붉게 타들어 갔다.
 그것을 바라보는 청룡사의 주지가 눈빛을 떨었다. 명화의 무공은 소림의 제자라면 절대 익혀선 안 되는 것이었다.
 "비동을 열었느냐?"
 "비동은 진즉에 열렸소. 물론 이것은 그 안에서 얻은 것들 중 가장 약한 것에 불과하니 너무 놀라지 마시오."
 "감히 달마조사의 유지를 어기다니……. 네 이놈! 천벌이 두렵지 않느냐!"

"당신도 알지 않소. 나야 그저 명에 따라 움직인다는 것을."

화아악!

명화의 주먹이 더욱더 붉어졌다.

신기한 것은 그토록 강렬한 열기를 뿜어내는데도 장포가 멀쩡하다는 점이었다.

"지금이라도 늦지 않았소. 그것을 내놓으면 다시는 이곳을 찾지 않을 것이오. 또한 과거는 죄를 묻지도 않을 것이오."

"없다고 해도 믿지 않으니 어쩌겠느냐."

꽈악!

"오너라, 이놈!"

퍼퍼퍽!

주지의 장포가 풍선처럼 부풀어 올랐다. 뒤이어 그의 두 눈이 황금색으로 물들어 갔다.

명화의 입가에 걸려 있던 비웃음이 가시는 순간이었다.

'금강동인……'

금강동인(金剛銅人)은 최강의 호신강기라는 금강불괴에 공격력을 더한 소림사의 절기로, 당대 소림사에서 그것을 익힌 사람은 극소수에 불과했다.

명화도 그중 한 명이었다.

그가 놀란 건 청룡사의 주지가 금강동인을 익히고 있다는 것 때문이 아닌, 금강동인이 지니고 있는 특성 때문이었다.

금강동인은 최소 이 갑자 이상의 내공 없이 시전하면 역혈을 일으키는 치명적인 문제가 있는 무공이었다.

그런데 공력의 일부를 잃었다던 자가 그런 무공을 사용하다니 놀라지 않을 수 없던 것이다.

"공력을 일부 상실했다는 소문은 당신이 꾸며낸 거짓이었나?"

"가만히 있는 나를 두고 너희들이 멋대로 왈가왈부한 것뿐이다."

우우웅.

명화의 주변에서 공명이 일었다.

뒤이어 그의 두 눈도 황금색을 띠어 갔다. 그도 금강동인을 사용한 것이다.

"마지막으로 기회를 주겠소. 죄 없는 제자들을 살리고 싶다면 그것을 내놓으시오."

"이제는 아이들의 목숨까지 볼모로 잡으려 하다니……. 네놈이 하는 짓거리가 사마의 마두보다 더 하구나!"

"나는 그저 명령에 충실하고자 할 뿐이오."

"허튼소리 그만 늘어놓고 어서 오너라, 이놈!"

"정녕 이렇게 나온다면야……."

팡!

명화가 움직였다.

수십 개의 잔영이 꼬리를 물며 늘어졌고, 그가 섰던 곳에서 공간이 일그러지는 현상이 일어났다.

절대고수들의 전유물이라는 이형환위에 버금가는 속도의 신법이 펼쳐진 것이다.

주지가 쌍장을 명화를 향해 뻗었다.

꽝!

네 개의 손이 일으킨 충격파는 실로 엄청났다.

콰콰콱!

충격의 여파로 인해 고랑이 패였고, 그곳에서 치솟은 흙먼지가 둘을 집어삼켰다.

콰광!

연이어 세 번의 공방이 이어졌다.

그리고 네 번째 공방이 끝났을 때, 우열은 확연히 가려졌다.

후두둑!

주지의 입가를 타고 흘러내린 피가 땅으로 떨어졌다. 창백한 안색에 흐릿해진 눈빛은 그가 상당한 충격을 받았음을 알려 주고 있었다.

반면 명화는 낯빛만 살짝 창백했을 뿐, 눈빛은 오히려

더 사납게 변해 있었다.

"우웩!"

주지가 피를 토하며 휘청거렸다.

명화는 그런 주지를 향해 다가가며 싸늘히 웃었다.

"걱정 마시오. 당신을 죽이지는 않을 테니까. 하나 살아서 더한 고통을 겪게 될 거라는 걸 알아야 할 거요. 당신의 입을 열게 할 수만 있다면 무엇이든 할 각오가 되어 있으니까 말이오. 후후후."

그때였다.

"그만하지?"

"……!"

난데없이 뒤에서 들려온 목소리에 명화의 몸이 반사적으로 돌아갔다.

휘리릭!

서령이 그 앞에 내려섰다.

주지의 상태를 눈으로 살펴본 그녀는 명화를 직시하며 미간을 찡그렸다.

"신성한 경내에서 살인을 하려 드는 너 같은 땡중을 어떻게 해야 할까?"

"누구냐, 넌!"

"어제 이곳에서 하룻밤 신세를 진 사람."

"……뭐?"

무슨 말을 하려던 명화가 한순간 흠칫하며 눈빛이 변했다. 비로소 서령의 전신에서 흐르는 강력한 마기와 투명하게 변한 그녀의 두 손을 본 것이다.

"소수마공······!"
"사숙! 조심하십시오! 백발마녀입니다!"
소림의 무승 하나가 큰 소리로 외쳤다.

그제야 명화는 무승들이 있는 곳을 돌아봤다. 그리고 서령 말고도 또 한 명의 외부인이 무승들과 대치하고 있음을 확인하고는 눈빛을 떨었다.

그는 이내 주지를 향해 싸늘히 외쳤다.
"감히 신성한 경내에 마인들을 들이다니······."
"꼴에 승려라고 신성 운운하기는······. 그거 알아? 지금 네가 하는 짓거리가 사파의 마두들보다 더 하다는 거. 하긴 알 리가 없겠지."

서령이 싸늘히 받아치며 명화를 향해 다가갔다.

명화는 다시 금강동인을 끌어올리며 두 주먹에 공력을 끌어 담았다.

하지만 싸움은 조영과 무승들 쪽에서 먼저 일어났다.
까가강!
콰콱!

서령은 조영이 있는 곳을 힐끗 돌아보고는 공력을 끌어올렸다. 그러자 은발이 칼날처럼 변하며 주변에 한기가 휘몰아치기 시작했다.

명화의 눈썹이 금방 하얗게 변했다. 공기가 얼어붙으며 서리가 내려앉은 것이다.

"그동안 번지르르한 모습으로 염불을 외면서 얼마나 많은 사람들을 홀렸을까. 좌우지간 너 같은 위선자들은 죽어 마땅해."

번쩍!

허공이 수영(手影)으로 채워졌다.

그중 진짜는 하나이지만 그것이 어떤 것인지 분간할 수 없었던 명화는 두 주먹을 맹렬히 휘둘러 권강을 일으켰다.

하지만 그의 두 주먹은 연신 허공을 갈랐고, 마지막 남은 수영이 벼락처럼 어깨를 스치고 지나가면서 피가 튀었다.

하지만 명화도 만만치 않았다. 어깨를 허용하는 와중에도 그는 일권을 내질렀고, 서령의 허리를 때리는 데 성공했다.

퍽!

둔탁한 소리에 이어 서령이 뒤로 두 걸음 물러섰다. 명화도 뒤로 다섯 걸음 물러서며 재빨리 무게 중심을 바로 잡았다.

'소수마공을 극성까지 익히지는 못했…….'

일격을 명중시킨 명화.

하지만 기쁨은 결코 오래가지 못했다. 서령이 지극히 멀쩡한 모습으로 서 있었기 때문이다.

'이럴 수가……'

명화의 두 눈이 불신으로 흔들렸다.

방금 자신의 한 수에는 천근바위도 부술 정도의 위력이 담겨 있었다. 그것을 정통으로 얻어맞으면 어지간한 고수는 즉사를 면치 못했고, 천하고수도 최소한 뼈가 으스러져야 정상이었다.

"미안. 내가 너를 너무 얕본 것 같아."

"……!"

"이제부터는 전력을 다해 상대해 줄게. 그러니 너도 최선을 다해야 할 거야. 죽어 귀신이 되어 염불을 외기 싫으면."

펄럭펄럭!

바람 한 점 불지 않는데도 서령의 장포가 심하게 펄럭거렸다.

명화는 그제야 서령이 저렇게 멀쩡한 이유를 깨달았다. 자신의 일권을 막아 낸 것이 바로 서령의 장포였던 것이다.

'내가 감당할 수 있는 계집이 아니다.'

명화는 냉철한 성격의 소유자였다.

또한 물러설 때를 아는 자이기도 했다. 공명심에 들떠 더 강한 상대에게 달려들 만큼 무모하지도 않고, 주어진 임무에 목숨을 걸 만큼 충성스럽지도 못했다.

쾅!

생각은 바로 행동으로 이어졌다.

땅을 박차고 뛰어오른 명화가 향한 곳은 무승들이 있는 곳이 아닌 대웅전의 뒤쪽이었다.

"엇!"

"사숙!"

소림의 무승들이 당혹성을 터트렸다.

조영이 기가 차다는 듯 고개를 절레절레 흔들었다.

"혼자 살겠다고 도망치는 꼬락서니 하고는……."

서령은 추격에 나서지 않았다. 겪어 본 명화는 쫓아간다고 해서 따라잡을 수 있는 자가 아니었다.

그녀는 실소를 머금었다.

"사숙이면 꽤 높은 배분일 텐데…… 소림이 썩어도 제대로 썩은 모양이네."

서령은 주지에게 다가갔다. 그러고는 재빨리 명문혈에 손바닥을 갖다 대고 진기를 불어넣었다.

창백했던 얼굴에 홍조가 드리웠지만 서령은 회생이 불가능하다는 것을 직감했다.

콱!

주지가 서령의 손목을 움켜쥐었다.
"……부탁이 있소."
그러고는 몇 마디 더 말하고는 그대로 숨이 끊어졌다.
서령은 눈조차 감지 못한 채 숨이 끊어진 주지를 가만히 응시하다가 손을 뻗어 눈을 감겨 주었다.
"사숙!"
청룡사의 승려들이 달려왔다. 그들은 이미 주지의 숨이 끊어진 것을 확인하고는 대성통곡했다.
한편 조영은 무승들이 그 자리에서 움직이지 않자 고개를 갸웃거리며 물었다.
"어이, 너희들. 도망 안 가냐?"
그들은 어떠한 반응도 하지 않고 침통한 표정으로 자리를 지킬 뿐이었다. 조영과 끝까지 신경전을 벌였던 무승은 얼굴마저 붉힌 채 입술을 자근자근 씹어 대고 있었다.
조영은 그가 배신감에 치를 떠는 것이라 여겼고, 그것은 사실이었다.
그때였다. 무승 하나가 대웅전의 지붕을 가리키며 두 눈을 부릅떴다.
"저길 보십시오!"
모두의 시선이 대웅전의 지붕을 향해 돌아갔다. 뒤이어 저마다 두 눈을 부릅뜨며 경악성을 터트렸다.
"헉!"

"……사숙!"

지붕에 세 사람이 서 있었다.

아니, 정확하게 말하면 두 사람은 서 있었고, 한 사람은 물 먹은 종이처럼 흐느적거리고 있었다.

씨익.

조영의 입꼬리가 귀밑까지 올라갔다.

지붕 위의 두 사람은 철우와 황태였다. 그리고 그 앞에서 흐느적거리는 자는 무승들을 버리고 도주했던 명화였다.

"하필이면 저 양반들한테 걸리다니……."

조영은 다시 무승들을 돌아봤다.

"너희들, 뒷감당을 어떻게 할지 참 걱정이다. 주군의 뜻을 거역하면 누구도 용서치 않는 사람이 저 양반인데 말이다."

"……."

"뭐, 너희들이야 윗대가리들이 시켜서 했을 테니 목숨은 구할 수 있겠지. 하지만 너희 윗대가리들은 이 상황에 대한 대가를 톡톡히 치르게 될 거다."

* * *

쿵!

철우와 황태가 땅으로 내려섰다.
두 사람은 대성통곡을 하고 있는 승려들의 틈새로 누워 있는 주지를 발견하고는 눈빛을 가라앉혔다.
철우는 서령을 응시했다.
"이놈이 저랬소?"
"예."
철우는 명화를 돌아봤다.
입에서 피를 흘리고 있는 명화의 안색은 금방 죽어도 하나 이상하지 않을 정도로 창백하기 짝이 없었다.
스르릉.
철우가 검을 뽑자 서령이 나섰다.
"살려 둬야지 않을까요?"
"팔 하나 자른다고 죽진 않소."
서걱!
"크아아악!"
잘린 팔이 땅으로 떨어져 펄떡거렸다.
철우는 고통에 몸부림치는 명화의 뒷덜미를 검신으로 후려쳤다.
퍽!
털썩!
그대로 정신을 잃으며 꼬꾸라지는 명화.
그때였다.

"사숙을…… 살려 주십시오!"

다가온 무승들 중 하나가 무릎을 꿇으며 부르짖었다.

철우는 조영에게 물었다.

"주군의 뜻을 전했나?"

"예. 하지만 소용이 없었습니다. 불가는 누구의 지배도 받지 않는다나 뭐래나……."

철우는 무승들을 돌아봤다.

"스스로 혈도를 제압한다. 실시."

무승들이 멈칫거렸다. 하지만 무릎을 꿇은 무승이 자신의 혈도를 제압하자 나머지 무승들도 어쩔 수 없이 따랐다.

황태가 주변을 둘러보며 미간을 찡그렸다.

"이대로 떠나면 곤란할 것 같은데……."

철우가 무승들을 향해 물었다.

"너희 말고 또 오기로 한 자들이 있나?"

"……없습니다."

"그만 내려갑시다."

"알겠소."

조영이 나섰다.

"저는 남습니까?"

"병력이 올 때까지 그래야지 않겠나."

"쩝. 알겠습니다."

＊　＊　＊

"별일 없겠죠?"
"기다려 봅시다."
불안한 눈으로 산을 바라보던 동방리의 두 눈이 반짝 빛을 발했다.
"저기 오시네요."
연후는 동방리가 가리킨 곳으로 시선을 돌렸다. 먼저 서령이 숲을 헤치며 나섰고, 그 뒤에 황태가 있었다.
연후가 슬며시 미간을 좁힌 것은 그 뒤를 따라 내려오는 소림의 무승들을 보았을 때였다.
그리고 마지막.
철우에 의해 질질 끌려오는 명화의 참혹한 모습을 보면서 뭔가 벌어져도 제대로 벌어졌음을 직감했다.
잠시 후 철우가 명화의 의식을 깨우고는 연후 앞에 무릎을 꿇렸다.
"이놈이 청룡사의 주지를 죽였습니다."
연후의 눈빛이 차갑게 변했다.
"왜 그랬지?"
"……불가의 일이니 관여치 마시오!"
퍽!

철우의 발길질에 명화의 머리가 휙 돌아갔다. 입술이 터지고 부러진 이빨이 사방으로 날아갔다.
"북부의 주군이시다. 예를 갖춰라."
철우의 그 말에 명화의 눈빛이 바람을 맞은 촛불처럼 크게 흔들렸다. 다른 무승들도 마찬가지였다.
그때였다.
[제가 알고 있으니 일단 끌고 가죠?]
서령의 전음이었다.
연후는 서령을 돌아본 후 마차를 향해 돌아섰다.
"모두 본 가로 압송한다."
"알겠습니다."

2장

소림사

소림사

철혈가.

연후는 거처에서 서령과 마주 앉았다.

그녀를 통해 소림사의 비밀과 관련한 내용을 전해 들은 연후는 놀람을 금치 못했다.

"그러니까 두 개의 비동이 있는데 그중 하나는 열렸고, 다른 하나를 여는 열쇠를 청룡사의 주지가 갖고 있었다, 이 말인가?"

"이게 그 열쇠인가 봐요."

서령이 품속에서 뭔가를 꺼내어 탁자 위에 올렸다. 뜻밖에도 열쇠가 아니라 한 장의 그림이었다.

"주지가 죽기 전에 자신의 품속에 열쇠가 있다고 말해 주더군요. 절대 소림에 넘어가면 안 된다는 말과 함께요."

연후는 그림을 펼쳤다. 온갖 도형이 어지럽게 얽혀 있어 언뜻 봐서는 뭐가 뭔지 도통 알 수가 없었다.
"저보다는 당신이 갖고 있는 게 좋겠죠?"
"그러지."
연후는 그림을 품속에 갈무리하고는 찻잔을 들어 입으로 가져갔다.
탁!
"일단 비동에 뭐가 있는지부터 알아봐야겠죠? 뭔가 대단한 것이 있으니 그런 짓까지 벌였을 테니까요. 아마 주지는 그것까지 말해 주지 못하고 죽어서 눈을 감지 못했나 봐요."
연후는 묵묵히 고개를 끄덕였다.
'소림이 이런 곳이었나?'
강호에서 소림사가 차지하는 비중은 그리 크지 않다.
하지만 유구한 역사와 그들이 지니는 상징성만큼은 어느 문파에 못지않았다. 어떤 이들에게는 불가침의 성역처럼 여겨지기도 하는 소림이지 않은가.

소림사의 장문인이 무림맹의 초대 맹주가 될 가능성이 매우 높습니다.

연후는 그 말을 떠올리며 눈빛을 가라앉혔다.

'변질된 소림의 수장이 무림맹의 맹주가 된다라…….'
"뭘 그렇게 골똘히 생각하세요?"
"아무것도 아니다. 어쨌든 수고 많았다."
"나중에 다 갚으세요. 금광을 발견한 것도 나라는 거, 잊지 마시고요."
"그러지."
"그럼 이만 일어나 볼게요. 피곤해서 그만 쉬어야겠어요."
서령이 돌아가자 철우가 들어섰다.
"말로 해서는 입을 열 놈이 아닙니다. 허락하시면 제 방식대로 하겠습니다."
"됐어."
"……예?"
"소림이 뭘 노리는지 알았으니 일단 죽지 않게 치료부터 해 주도록 해."
"알겠습니다."
피식.
"넌 소림이 그러했던 이유가 궁금하지도 않나?"
"주군이 아셨으면 그걸로 충분합니다."
철우는 항상 이러했다. 그래서 연후는 그를 더욱더 각별하게 여겼다.
"소림사에 보낸 아이들은 언제쯤 돌아오지?"
"구대문파와 오대세가의 회합이 끝난 지 꽤 지났으니

곧 돌아올 겁니다."

"뇌검을 다시 보내도록 해. 가서 소림사의 동향을 제대로 살펴서 그때그때 내게 보고하도록 하고."

"뇌검은 지금 북부군단에 가 있습니다."

"……"

"제가 쓸 만한 친구들을 몇 명 더 골라서 보내도록 하겠습니다. 그나저나 따로 사신을 보내야지 않겠습니까?"

"그건 장로원주와 논의를 해 보고 결정할 테니 그만 돌아가서 쉬도록 해."

"알겠습니다."

철우가 나가자 잠시 후 장로원주 사마송이 들어왔다.

연후가 돌아오면 얼굴에 웃음꽃이 피는 사마송인데, 오늘도 그러했다. 연후도 그런 사마송을 보면 저절로 미소가 나왔다.

"자주 자리를 비워 괜히 원주께서 고생이 많으시오."

"어인 말씀을요. 아, 전서를 통해 전해 말씀 주신 곳으로 혈왕군 이천이 떠났습니다."

악소가 있는 금광을 말함이었다.

연후는 사마송을 응시하며 부드럽게 물었다.

"병력을 보낸 이유가 궁금하지 않으시오?"

"궁금하긴 합니다만 주군께서 행하시는 일이니 그저 따를 뿐입니다."

"금광을 발견했소."

"……금광을 말입니까?"

"그렇소. 매장량을 제대로 확인하진 못했지만, 어쩌면 철광산보다 더 큰 도움이 될지도 모르겠소."

"오!"

"일단은 혈왕군을 보내어 그곳을 경계하라 해 두었지만, 최대한 빨리 일을 시작하려면 서둘러 인부들을 모아 보내야 할 것이오."

"알겠습니다. 최대한 빨리 시행토록 하겠습니다."

"그리고 소림사에 사신을 보내야겠는데…… 누가 적당할지 원주의 생각을 들어 보고 싶소."

"청룡사에 있었던 일 때문입니까?"

"그렇소."

"그것 때문이라면 마침 장패가 와 있으니 그 아이를 보내시는 건 어떻겠습니까?"

연후는 백도전주 장패를 떠올리며 묵묵히 고개를 끄덕였다.

"서신을 적어 줄 테니 내일 바로 보내도록 하시오."

"알겠습니다."

연후는 소림사의 장문인에게 전할 서신을 적어 사마송에게 건넸다. 그리고 사마송이 돌아가자 창문을 열어젖혔다.

철혈가의 야경이 오늘따라 더 아름답게 다가왔다. 경계

를 서는 무사들도 평소보다 훨씬 더 의젓해 보였고, 현진이 새롭게 설치한 진을 보고 있자니 철옹성의 한복판에 서 있는 것처럼 든든했다.

모든 것이 예상보다 더 순조롭게 흘러가고 있는 덕분이리라.

하지만 신경이 쓰이는 것도 있었다.

'전권을 장악하기가 쉽지 않을 텐데…….'

소무백이 걱정이었다.

비록 서문회를 쫓아냈지만 여전히 백야벌의 상당한 세력은 소무백에게 거리를 두고 있었다.

적자생존(適者生存)과 약육강식(弱肉强食)이라는 원초적인 법칙에 충실한 백야벌의 역사에서 약한 대지존은 절대 지지를 받지 못했다.

연후로서는 철군악을 믿는 수밖에 없었다. 그러면 잘 해낼 수 있을 거라는 믿음이 있었다.

"좀 쉬세요."

"……."

연후를 시선을 내렸다. 동방리가 자신을 올라다보며 서 있었다.

"어디 가시오?"

"소저께서 드실 탕약을 갖다 드리러 가는 길이에요. 이제 한 재만 더 드시면 약을 끊어도 될 것 같아요."

"……."

갑자기 동방리가 측은해 보였다.

어떻게 보면 철혈가에서 그녀만큼 바쁜 사람도 없을 것이다. 사람의 목숨을 다루는 의술이니 심적인 부담도 매우 클 터였다.

"많이 피곤해 보이세요."

"난 괜찮소."

"괜찮기는요. 공무는 잠시 미루고 좀 쉬세요. 잠도 푹 주무시고요."

"알겠소."

"그럼 내일 봬요."

연후는 멀어지는 동방리의 뒷모습에서 눈을 떼지 못했다. 따뜻한 말 한마디라도 해 주면 좋았을 것을 하는 후회가 밀려들었다.

강해지고 싶어요.

'누구보다 강하게 만들어 주겠소.'

* * *

며칠 후 하남성 숭산 소실봉.

유구한 역사를 자랑하는 소림사가 오랜 세월 동안 터전으로 삼아 온 그곳에 거센 빗줄기가 쏟아지고 있었다.

쏴아아!

"오늘따라 빗줄기가 참으로 험악하구나."

빗줄기를 바라보며 중얼거리는 장문인 효광의 표정이 평소보다 어둡다. 청룡사로 보낸 명화에게서 아직 아무런 소식조차 없었던 까닭이다.

효광의 뒤에 서 있던 승려가 조심스럽게 입을 열었다.

"일이 잘못되었을까 걱정되십니까?"

"명화를 믿지만 그자가 결코 호락호락하지 않으니 걱정이 되는구나."

"너무 걱정하지 마십시오. 그자는 공력의 일부를 상실했으니 결코 명화를 감당하지 못할 것입니다."

"흠……."

승려의 말에도 효광의 눈빛은 점점 더 무겁게 가라앉았다.

꽈르릉!

쩌저적!

천둥벼락이 떨어져 효광의 전신을 하얗게 물들일 때, 뒤쪽에서 또 다른 승려가 올라섰다.

"장문사형, 철혈가에서 사람이 찾아왔습니다."

"철혈가에서?"

"예. 장문사형께 전할 것이 있다면서 뵙기를 청했습니다."

효광의 미간에 주름이 잡혔다.

철혈가가 왜 자신을 찾아왔단 말인가.

순간 효광은 한 줄기 불안감에 휩싸였다. 청룡사가 북부의 권역 내에 위치하고 있음을 떠올린 것이다.

'설마 무슨 일이 벌어진 건가?'

"장문인."

"만나 보자꾸나."

* * *

'제마의 기운을 담고 있다더니 역시 봉우리 전체에 서려 있는 기운이 예사롭지가 않군.'

백도전주 장패는 쏟아지는 빗줄기 너머로 소림사의 전경을 바라보며 감탄을 금치 못했다.

그저 평범한 절과 다를 바 없는 모습이지만 곳곳에 서린 기운은 보고만 있어도 가슴이 짓눌리는 것 같은 기분이 들었다.

소림이 발호하면 팔대가문에 못지않으리라.

'강호에 떠도는 이 말이 결코 허언이 아니었구나.'

쫘르릉!

쩌저적!

뇌전이 거미줄처럼 늘어졌다.

그 너머로 모습을 드러내는 효광을 발견한 장패는 눈빛을 고쳤다. 처음 보는 효광이지만 직감이 그를 소림사의 장문인이라 말하고 있었다.

'엄청나군.'

장패는 효광이 다가올수록 전해지는 압박감에 나지막이 숨을 내쉬었다. 그러고는 표정과 눈빛을 고쳐 본연의 패도적인 기운을 되찾았다.

"아미타불. 철혈가에서 오셨다고요."

"백도전주 장패가 장문인을 뵙습니다."

"허허허. 처음 보는 빈승을 어찌 장문인이라 칭하는 것이오?"

"아닙니까?"

"맞소. 이 몸이 장문인 효광이오."

효광이 자리에 앉았다. 장패는 앉지 않고 곧장 품속에서 연통을 꺼냈다.

"주군께서 이것을 전하라 하셨습니다."

다른 승려가 연통을 받아 효광에게 건넸다. 효광은 연통을 열어 돌돌 말려 있던 서신을 펼쳤다.

장패는 서신을 읽어 가는 효광의 표정을 살폈다. 다른 승려들도 마찬가지였다.

바르르…….

효광의 눈가에 가는 경련이 일어났다.

그의 두 눈에 노기와 당혹감이 깃들자, 좋지 않은 내용임을 직감한 승려들의 표정도 덩달아 굳어졌다.

쏴아아!

빗줄기가 억수처럼 쏟아졌지만 정자 안은 질식할 것 같은 침묵이 흘렀다.

화르륵!

서신이 효광의 손에서 한 줌 재가 되어 흩날렸다. 승려들은 무슨 일인지 궁금했지만 물어볼 수가 없었다.

효광이 장패를 직시했다. 호랑이의 그것보다 더 강렬한 눈빛이었지만 장패는 시선을 피하지 않았다.

효광의 입술을 뚫고 노기 어린 목소리가 흘러나왔다.

"불문이 불가침의 영역이라는 것은 대대로 이어져 온 강호의 불문율이거늘, 어찌하여 북부의 주군께서는 본문의 제자들을 핍박하셨소?"

"저는 그저 주군의 명을 받고 그것을 전하고자 찾아왔을 뿐입니다."

"하면 답신도 받아 오라 하셨소?"

"예."

번쩍!

착각일까?

효광의 눈동자 깊숙한 곳에서 뇌전과도 같은 빛이 일었다. 찰나의 순간에 불과했지만 장패는 결코 그것을 놓치지 않았다.

"답신은 추후 인편을 통해 전할 테니 귀하는 이만 돌아가도록 하시오."

"가능하면 지금 주셨으면 합니다만."

"어허! 장문인께서 그만 돌아가라 하셨으니 귀하는 속히 돌아가시오!"

효광의 뒤에 서 있던 승려들이 노기 어린 표정으로 소리쳤다. 그러나 장패는 아랑곳하지 않고 효광만을 직시했다.

홀로 찾아와 의연함을 잃지 않는 장패의 기개에 효광은 감탄이 아닌 분노를 느꼈다. 자신과 소림을 우습게 여기는 거라 생각한 것이다.

"다시 말하지만 답신은 추후 인편을 통해 전할 것이오. 하니 그만 일어나시오."

"알겠습니다. 하면 주군께 그리 전해 드리지요. 그럼."

장패는 자리를 떨치고 일어나 포권을 취했다.

그때였다.

한 줄기 잠력이 일어나더니 장패를 뒤로 밀어내려 했

다. 장패는 재빨리 천근추를 펼쳐 몸을 지탱하고는 뒤돌아섰다.

"북부의 사신 자격으로 찾아온 내게 힘자랑을 하다니……. 돌아가면 그대로 전해 드리겠소."

쾅!

장패는 일부러 강하게 바닥을 차고 뛰어올랐다. 그 바람에 정자의 바닥이 부서지며 구멍이 뻥 하고 뚫렸다.

"대접, 후하게 받고 돌아갑니다."

* * *

"감히 강호의 불문율을 깨려 들다니……."

효광의 얼굴이 노기로 인해 붉어졌다.

"무시하십시오. 제아무리 철혈가주라도 강호의 불문율은 쉽사리 깨지 못할 것입니다!"

"그렇습니다! 무시하십시오!"

주변의 승려들이 호기롭게 외쳤다.

하지만 한 젊은 승려만큼은 생각이 다른 모양이었다.

"요즘 북부의 기세가 하늘을 찌르고 있습니다. 또한 저희 소림은 위치적으로 북부무림의 남부 지역과 그리 멀지 않습니다."

"무슨 말을 하려는 것이냐?"

"보다 신중하게 대처해야 한다는 말씀을 드리려는 것입니다. 만에 하나 북부의 주군이 다른 마음을 품기라도 한다면 저희 소림은 결코 그들을 당해 내지 못할 것입니다."

"닥치지 못할까!"

한 승려의 호통에도 젊은 승려는 물러서지 않았다.

"소림의 명운을 걸어야 할지도 모릅니다. 하니 부디 신중하십시오, 장문사형."

사문을 생각하는 충심을 담은 말이었지만 오히려 효광의 심기만 건드리고 말았다.

"네 뜻은 알았으니 그만 물러가거라."

"장문사형."

"물러가래도!"

"……알겠습니다."

물러가는 젊은 승려의 뒷모습을 노기 어린 표정으로 지켜보던 효광이 중얼거리듯 말했다.

"맹의 출범을 앞당겨야겠다."

"그렇습니다. 구대문파와 오대세가가 하나가 된다면 제아무리 철혈가주라도 함부로 우리를 대하지는 못할 것입니다."

"백야벌에도 사람을 보내어 철혈가의 부당한 처사를 알리도록 하거라!"

"알겠습니다!"

효광은 북쪽 하늘로 시선을 던졌다.

거센 폭우를 쏟아 내는 하늘이 점점 더 검게 변해 가고 있었다.

'은밀하게 처리하라 그렇게 당부했거늘…….'

쾅!

기어코 분을 참지 못한 효광이 발을 구르자 정자 바닥에 또 하나의 구멍이 생겨났다.

* * *

백야벌.

격변의 소용돌이에 휩싸인 그곳의 분위기는 뜻밖에도 평소와 조금도 다르지 않았다.

하지만 백야벌의 모두는 피부로 느끼고 있었다. 이 평온함이 폭풍전야의 고요함과 다르지 않다는 것을.

누구보다 그러한 분위기를 잘 알고 있는 철군악은 비밀 추적조 야랑의 수장 석호진의 보고를 받으며 심각한 표정을 지었다.

"대막과 서장 쪽 첩보망이 거의 다 붕괴된 것 같습니다. 오래전부터 벌에 정보를 제공하던 우리 측 세작들이 대부분 죽임을 당하거나 행방이 묘연한 상태임을 확인했습니다."

"서문회, 그 늙은이의 짓이겠지."

"그렇습니다. 대막과 서장의 침공을 보다 빨리 파악하지 못한 것도 첩보망의 붕괴 때문이라고 봐야 할 것 같습니다. 문제는……."

석호진이 말끝을 흐렸다가 다시 이었다.

"여전히 남아 있을 내부의 첩자를 색출하기가 너무 힘들다는 점입니다."

"그럴 테지. 서문회가 그 지경이 되면서 꽁꽁 숨어 버렸을 테니까."

철군악은 의자에 깊숙이 몸을 묻으며 지그시 눈을 감았다. 그때 무사 한 명이 문을 열고 들어섰다.

"사자, 소림사에서 사람이 찾아왔습니다."

"소림사에서?"

"예. 대지존을 꼭 뵈어야겠다며 객당으로 들지도 않고 고집을 부리고 있습니다."

철군악의 미간에 주름이 잡혔다.

대지존은 팔대가문의 수장을 제외한 누구도 함부로 만나지 못한다. 그런데 소림사의 승려가 당장 만나야겠다며 고집을 부린다니.

"그자를 이곳으로 데려오너라."

"예."

무사가 돌아가자 석호진이 의아한 표정으로 물었다.

"소림사가 왜 대지존을 뵈려 할까요?"

"만나 보면 알게 되겠지."

잠시 후 무사가 승려 한 명과 함께 돌아왔다. 철군악은 의자에 앉은 그대로 들어서는 승려를 직시했다.

승려가 그를 향해 합장하며 머리를 조아렸다.

"소림의 혜명이 사자를 뵙습니다."

"거기 앉으시오."

"소승은 서 있는 것이 더 편합니다."

"내가 불편해서 그러니 앉으시오."

"하면."

혜명이 자리에 앉기가 무섭게 철군악은 물었다.

"무슨 일로 대지존을 뵈려는 것이오?"

"그건 대지존께 말씀을 올려야 하는 것이라······."

"대지존께서는 공무가 다망하시오 그대를 만나 뵐 수가 없소. 하니 무슨 일인지 내게 말하면 때를 봐서 전해 드리겠소."

"······."

"싫으면 그냥 돌아가시오."

단호한 축객령에 혜명의 눈빛이 흔들렸다. 뒤이어 나지막한 한숨과 함께 품속에서 연통을 꺼내어 내밀었다.

"장문인께서 대지존께 올리는 탄원서입니다."

"탄원서? 누구를, 무엇을 탄원하겠다는 말이오?"
"읽어 보시면 알게 되실 것입니다."
"가져오너라."
"예."
무사가 철군악에게 연통을 건넸다.
철군악은 연통을 열어 그 안에 담겨 있던 서신을 꺼내어 펼쳤다.
'이건……'
생각지도 못한 연후가 서신에 언급되어 있자 철군악의 눈빛이 대번에 변했다.
두 번에 걸쳐 내용을 확인한 철군악은 승려를 직시하며 물었다.
"이것이 다 사실이오?"
"예, 사자."
"만약 조금이라도 거짓이 담겨 있다면 팔대가문의 수장을 무고한 죄로 엄중한 처벌이 뒤따를 것이오. 알겠소?"
"감히 어찌 대지존께 거짓을 고할 수 있겠습니까."
"알았으니 돌아가시오."
"……."
"한쪽 말만 듣고 결정을 할 문제는 아닌 것 같으니 북부에 사람을 보내어 자초지종을 확인해 본 다음 결론을 내야지 않겠소?"

"지당하신 말씀이십니다. 하면 대지존은 언제 뵐 수 있겠는지요."

"조금 전에 말했지 않소. 공무가 다망하여 만나 뵐 수 없다고. 고집을 부려도 소용없으니 그만 돌아가서 우리가 결론을 전할 때까지 기다리시오."

철군악의 단호함에 혜명은 어쩔 수 없이 몸을 일으켜야 했다.

철군악은 밖으로 나서는 혜명의 뒷모습을 응시하며 다시 미간에 주름을 잡았다.

"무슨 일입니까?"

"읽어 보게."

석호진이 서신을 확인하고는 놀란 표정을 지었다.

"그분께서 어쩌다가 불가의 일에 개입을 하신 걸까요? 강호의 불문율이라는 것을 모르지 않으실 텐데 말입니다."

"필시 곡절이 있었겠지."

"하면 정말 사람을 보내어 조사를 하실 생각이십니까?"

"탄원이 들어왔으니 어쩌겠나. 최소한의 조사 정도는 해 봐야지."

"그냥 무시하시지요. 괜히 그분의 심기를 거스를 수도

있습니다. 현 상황에서 그분은 우리가 기댈 유일한 언덕이자 그늘입니다."

피식.

철군악이 실소를 머금었다.

석호진이 의아한 표정을 짓자 철군악이 그를 향해 말했다.

"걱정 말고 사람을 보내어 최대한 예를 갖춰 조사를 하도록 하게. 어쩌면 그분은 이러한 상황까지 예상하고 계실 것이네."

"……알겠습니다."

석호진이 물러가자 철군악은 다시 눈을 감으며 생각에 잠겼다.

'붕괴된 첩보망을 다시 세우려면 한세월이 걸릴 텐데…….'

이쯤에서 서문회가 떠오르는 것은 당연한 수순이었다. 뒤이어 온몸에서 소름이 쫙 올라왔다.

'조금만 더 늦었더라면 정말 큰일이 날 뻔했구나.'

* * *

연후에게 한 장의 전서가 전해졌다.

백야벌의 상주 인력이 보내온 전서였다. 소림사의 탄원과 관련한 내용이었다.

피식.

연후가 실소를 머금자 철우가 물었다.

"무슨 내용입니까?"

"소림사가 탄원을 했다는군."

연후가 건넨 서신을 확인한 철우가 대뜸 말했다.

"가만히 내버려 둬도 되겠습니까?"

"조사가 끝날 때까지는 가만히 있어. 우리가 원칙을 깨면 대지존과 철 사자가 곤란해질 테니까."

"나중에라도 한번 손을 봐 줘야지 않겠습니까?"

"그건 그때 가서 생각하기로 하지."

"예."

"소림사 쪽으로 사람은 더 보냈나?"

"예. 쓸 만한 놈들로 추려서 보내 놓았습니다."

"미리 당부를 해 놓도록 해. 따로 명령이 있을 때까지는 소림사와 부딪치는 일은 절대 없어야 한다."

"알겠습니다."

연후는 찻잔을 들고 의자에 깊숙이 몸을 실었다.

'소림사라……'

딱히 대수롭지도 않지만 조금은 신경이 거슬렸다.

소림사 하나는 신경 쓸 것도 없지만 곧 있으면 출범을 할 무림맹이라면 얘기가 달라진다.

만약 소림이 무림맹을 이용해 다른 가문과 연계한다면,

혹은 그것을 무기 삼아 청룡사에서의 일을 관철시키려 한다면 꽤 성가신 방향으로 흘러갈 수도 있는 문제였다.
 '이쯤에서 한번 밟아 줘야 하나?'
 의식의 흐름이 강경한 쪽으로 생각이 흘러가기 시작했다.
 하지만 곧 생각을 바꿨다.
 '당분간은 재정비의 시간을 가져야 한다. 소림사 정도는 이후에 대처해도 늦지 않다.'
 그때였다.
 "들어가도 되겠소?"
 우문적의 목소리였다.
 철우가 문을 열자 우문적이 들어섰다. 연후는 찻잔을 내려놓으며 그를 맞았다.
 "어서 오시오."
 "찾으셨다고 들었소."
 "논의할 게 있어 불렀소. 차 한 잔 갖다 드려라."
 "예."
 철우가 나가자 연후는 바로 본론을 꺼냈다.
 "이제 본래의 자리로 돌아가야지 않겠소?"
 "그게 무슨……."
 "황하수련 말이오. 나는 련주가 다시 황하수련을 통치했으면 하는데 말이오."

"……!"

우문적이 두 눈을 부릅떴다.

철혈가에 귀의를 한 이후로 한 번도 생각해 본 적이 없는 문제였다.

가회가 죽고 황하수련이 궤멸을 당하면서 모든 것이 끝났다고 여겼던 우문적이었다.

"의지가 있다면 내가 추진해 보겠소."

"그게 가능하겠소?"

"세상은 당신이 가회의 반란에 희생되어 죽은 것으로 알고 있소. 백야벌도 마찬가지고. 그래서 대리 통치가 가능하게 된 것이오. 하지만 련주였던 당신이 살아 있다면 얘기는 달라질 수밖에 없소. 당신이 통치권을 주장하고 나서면 백야벌로서도 거부할 명분이 없을 것이오."

"……."

우문적이 입술을 굳게 다물며 생각에 잠겼다. 연후는 그가 말을 할 때까지 기다렸다.

잠시 후 우문적이 물었다.

"내가 어떡하면 되겠소?"

"그냥 다시 과거로 돌아가 황하수련의 통치자가 되시오. 한 번 쓴맛을 봤으니 지난날보다는 훨씬 더 훌륭한 통치자가 될 수 있을 거요."

"그러다가 내가 적으로 돌아서면 어쩌려고 그러시오?"

"그럴 생각이오?"

"싫소. 당신 같은 사람하고 적이 되느니 차라리 여기서 눈칫밥을 먹으며 사는 게 천 번, 만 번 나을 것이오."

"그럼 내 편이 되어 주면 되지 않소."

"……."

"생각할 시간은 충분히 줄 테니 천천히 고민을 해 보도록 하시오. 물론 귀하가 하겠다고 하면 내가 뒤에서 물심양면으로 도와주겠소."

"며칠만 시간을 주시오."

"알겠소. 그리고 이거."

연후는 검을 끌러 탁자 위에 올렸다. 우문적의 검이었다.

"강도와 날카로움을 더했으니 이전보다 훨씬 도움이 될 거요. 그동안 잘 사용했소."

"검을 구하셨소?"

"마침 부러진 검의 수리가 끝났소."

"그럼 다시 가져가겠소."

철그럭.

오랜만에 쥐어 보는 애검의 느낌이 좋았던 걸까? 우문적의 입가에 흐릿한 미소가 떠올랐다.

연후는 그런 우문적을 향해 말을 이었다.

"검은 무인에게 목숨과도 같은 것. 따라서 당신은 내게 당신의 목숨을 맡겼던 것이오. 그에 보답하는 차원이라 여기고 잘 생각해 보기 바라겠소."

"알겠소."

마침 철우가 차를 갖고 들어오면서 대화가 잠시 끊겼다.

잠시 후 우문적은 연후의 거처를 나섰다.

걸어가면서 검을 이리저리 살피는 그의 입가에서는 미소가 떠날 줄을 몰랐다.

"부러지면 어쩌나 했다, 이놈아."

"기분 좋은 일이라도 있소?"

전방에서 황태가 나타났다.

우문적은 그를 향해 씩 웃어 보였다.

"떠났던 자식이 돌아와서…… 흐흐흐."

검과 우문적을 번갈아 쳐다보던 황태는 비로소 상황을 대충 짐작했다.

피식.

"그럴 거면서 검은 왜 빌려준 거요?"

"이 검으로 복수를 해 주길 바랐으니까."

"만족하시오?"

"충분히."

"어쨌든 축하하오. 그런 의미에서 술 한잔 어떻소?"

"좋지!"

둘이 황태의 거처로 향했다.

하지만 얼마 가지 못하고 멈춰야 했다. 전방에서 송영이 타나난 까닭이었다.

송영이 황태를 향해 수중의 검을 들어 보였다.

"검이 완성되었습니다!"

* * *

소림사.

장문인 효광의 얼굴이 붉어졌다.

소림의 장문인쯤 되었으면 속세의 감정쯤은 해탈했을 법도 한데 그는 전혀 그렇지가 못했다.

"이자들이 왜 거부를……."

그의 낯빛을 변하게 만든 것은 무당파와 화산파가 보내 온 답신이었다.

답신에는 무림맹의 이른 출범에 반대한다는 내용과 더불어 북부무림과 척을 질 수는 없다는 내용이 담겨 있었다.

'그들이 북부의 도움을 받았다는 것을 깜박했구나.'

효광은 자신의 실수를 깨달았다.

그는 구대문파와 오대세가에 보낸 공문에 북부무림이 강호의 불문율을 깨려 하고 있으며 이에 저항해야 한다는 내용을 적었다.
'그 내용을 뺐어야 했는데…….'
효광의 얼굴이 점점 더 붉어지자 측근이 심각한 표정으로 말했다.
"두 문파 없이 맹을 출범시킬 순 없습니다. 그들이 비록 궤멸 직전의 상황에 처했다지만 구대문파로서 가지는 상징성을 무시할 순 없습니다."
"저는 생각이 다릅니다. 무당파와 화산파가 없어도 전혀 문제 될 건 없습니다. 어차피 그들은 합류를 해 봤자 크게 도움이 되지도 않을 터. 당장은 다른 문파의 답신을 기다려 본 후에 결정하셔도 늦지 않을듯합니다."
그때였다.
"사천당가에서 답신이 도착했습니다."
"하북팽가에서도 답신이 도착했습니다!"
승려들이 차례로 두 가문의 답신을 전하고 돌아갔다.
효광의 측근이 서신을 확인하고는 표정이 굳어졌다.
"……사천당가와 하북팽가도 유보하겠다는 뜻을 전해 왔습니다."
좌중이 다시 한번 크게 술렁거렸다.
효광은 얼굴이 가는 경련에 휩싸였다.
무당파, 화산파와는 달리 사천당가와 하북팽가는 위상 자체가 달랐다. 그들마저 유보하겠다고 나오면 다른 문파들도 틀림없이 흔들리게 될 터였다.

측근이 침통한 어조로 말했다.

"다들 북부무림과의 갈등을 두려워하고 있음이 분명합니다."

효광은 두 눈을 질끈 감았다.

잠시 정적의 시간이 흘렀다. 모두는 효광이 어떤 결정을 내릴지 초조한 마음으로 기다렸다.

잠시 후 효광이 눈을 떴다.

"내가 직접 백야벌로 갈 것이다. 가서 북부무림의 부당함을 전하고 온당한 결정이 내려질 때까지 무엇이든 할 것이다!"

"철혈가에 답신은 어떻게……."

"네가 직접 철혈가로 가서 그들의 부당함을 다시 일깨워 주고 오너라! 지체할 것 없이 지금 당장 떠나도록 하거라!"

"……알겠습니다."

측근이 물러가자 효광은 자리를 파할 것을 명하고 자신의 거처로 돌아갔다.

남은 승려들은 저마다 굳은 표정을 감추지 못했다. 특히 젊은 승려는 짙은 한숨을 토하며 고개를 절레절레 흔들었다.

그런 그를 향해 한 승려가 꾸짖었다.

"너는 어찌하여 매사에 장문사형의 심기를 거스르는 발언을 일삼는 것이냐!"

"하면 북부무림과 맞서겠다는 장문사형의 태도가 옳다고 보십니까? 그게 과연 가능하다고 보십니까?"

"불문율을 어긴 것은 그쪽이다!"

"자세한 내막을 알기 전에는 누구도 속단할 수 없는 문제입니다. 만에 하나 청룡사로 갔던 우리 쪽 사람들이 범해선 안 될 실수를 범했다면 그땐 어찌시겠습니까? 모조리 달려가 무릎이라도 꿇으시겠습니까?!"

"……!"

"북부의 주군이 손가락 하나만 까딱해도 우리 소림은 멸문지화를 면치 못할 것입니다! 설사 무림맹을 출범시키고 그들로 하여금 우리를 지지하게 만들어도 북부의 주군은 눈 하나 깜박이지 않을 터! 하면 과연 무엇이 사문을 위하는 길인지 되새겨 보시기 바랍니다!"

쾅!

젊은 승려가 문짝이 부서져라 열어젖히고 나가 버리자 실내에 남은 승려들을 서로를 쳐다보며 당혹감을 감추지 못했다.

"저 아이의 말에도 일리가 있소. 북부의 주군은 감히 그러고도 남을 사람이지 않소?"

"……."

* * *

며칠 후 철혈가.

연후는 정문을 넘어가는 수백 명을 바라보며 흡족한 표정을 지었다.

그들은 앞으로 금광에서 일하게 될 이들로, 단순한 인부가 아닌 채광에 잔뼈가 굵은 숙련공들이었다.

연후의 곁에 서 있는 사마송의 얼굴에도 미소가 떠올라 있었다.

"이미 오천에 달하는 인부들이 광산에 도착하여 집을 짓고 우물을 파고 있습니다. 저들이 오천의 인부를 이끌고 채굴에 들어간다면 머지않아 본격적인 생산이 가능할 것 같습니다."

"상주 병력도 더 늘려야 할 것이오."

"염려 마십시오. 혈왕께서 삼천의 혈왕군을 더 보내라는 지시를 이미 내려 놓으셨습니다. 아! 그리고 황금상단에서 숙련공 백여 명을 보내겠다는 연락을 해 왔습니다. 그들의 임금은 자신들이 지불하겠다고 하더군요."

'돈이 될 만하니 적극적으로 나오는군.'

연후는 한결 마음이 놓였다.

왕적은 돈 냄새를 맡는데 도가 튼 인물이었다. 그런 왕적이 요청하지도 않은 숙련공을 백여 명이나 보내고, 임금 또한 자신들이 지불하겠다며 나오는 것은 그만큼 금광에 거는 기대가 크다는 걸 의미했다.

왕적이 기대한다면 성공은 따 놓은 당상이나 마찬가지이리라.

"주군, 혈왕군의 군영으로 가셔야 할 때입니다."

"알겠소."

그때였다.

"주군."

철우가 들어왔다.

"소림사에서 사람이 왔습니다."

* * *

명공은 청룡사에서의 사건으로 철혈가의 뇌옥에 갇혀 있는 명화의 사제이자, 장문인 효광의 측근 중 한 명이었다.

효광의 지시로 철혈가를 찾은 명공은 객당의 창을 통해 철혈가의 곳곳을 둘러보며 놀람을 금치 못했다.

'천하의 누구라도 한 번 들어오면 다시는 나가지 못할 철옹성과도 같은 곳이구나.'

"……보고 있자니 마치 팔괘진의 한복판에 서 있는 기

분입니다."

"……."

함께 온 무승의 말에 백 번, 천 번 공감하는 명공이었지만 차마 내색할 순 없었기에 그저 가만히 있었다.

그때였다.

명공의 눈빛이 한 차례 흔들렸다. 객당의 마당으로 들어서는 연후를 본 것이다.

찌르르르…….

명공은 온몸을 타고 흐르는 전율에 자신도 모르게 헛바람을 들이켰다.

한 걸음 걸어올 때마다 태산이 자신을 향해 밀려드는 것 같은 착각이 일었고, 연후가 시선을 들어 자신을 쳐다보니 수백, 수천 자루의 검이 눈 속으로 파고드는 것 같아 자신도 모르게 질끈 눈을 감아야 했다.

명공은 걱정이 들었다.

'과연 내가 저 앞에서 북부의 부당함을 말할 수 있을까?'

찰나의 순간에 오만 가지 걱정이 스쳐 지나갔지만 명공은 심호흡을 하며 정신을 바로잡았다.

그리고 잠시 후 연후가 안으로 들어서자 명공은 그를 향해 합장하며 머리를 조아렸다.

"소림의 명공이 가주를 뵙습니다."

"가주를 뵙습니다!"

우렁차게 예를 갖추는 무승들의 목소리가 가늘게 떨렸다.

연후는 말없이 모두를 응시했다. 명공과 무승들은 감히 시선을 마주할 수 없어 슬며시 머리를 숙였다.

"장문인의 답은 가져왔소?"

"예."

"그럼 같이 갑시다."

"……예?"

"먼저 잡혀 있던 일정 때문에 가 봐야 할 곳이 있소. 대화는 그곳에서 나누도록 합시다."

"알겠습니다."

* * *

북부가 가장 발전한 부분은 단연코 군사력이었다.

그중 가장 커다란 전력은 당연히 적랑단과 혈왕군인데, 특히 혈왕군은 지금도 계속해서 병력이 늘어나며 현재는 그 수가 무려 십만에 육박하고 있었다.

무인에게 있어 혈왕 신휘와 함께 전장에 설 수 있다는 건 그것만으로도 충분히 매력적인 일이었기에 계속해서 사람이 몰려드는 것이었다.

병력이 늘어나면 군영이 커지는 것은 당연한 법.
 명공과 무승들은 눈앞에 펼쳐져 있는 혈왕군의 군영을 보며 두 눈을 부릅떴다.
 '이 하나가 온전히 혈왕군만의 군영이라니…….'
 그들이라고 어찌 혈왕군의 무서움을 모를까.
 그때 저만치 앞에서 부대장으로 승격을 한 신우가 다가왔다.
 명공을 비롯한 모두는 신우가 신휘라 착각을 하고는 자신들도 모르게 합장을 하며 머리를 조아렸다.
 신우가 그들을 힐끗 쳐다보고는 연후를 향해 머리를 숙였다.
 "어서 오십시오, 주군."
 "혈왕은 바쁜가?"
 "아닙니다. 오신다고 해서 기다리고 계십니다. 저를 따라오시지요."
 명공과 무승들은 연후의 곁에 서서 신우를 따라 군영의 한복판으로 향했다. 그리고 곳곳에서 훈련 중인 혈왕군이 내지르는 기합성에 등골이 서늘해짐을 느껴야만 했다.
 난무하는 거친 기운과 그 속에서 터져 나오는 기합성은 마치 전장의 한복판에 들어선 것 같은 착각마저 불러일으킬 정도였다.

순간 명공은 생각했다.

'장문 사형의 결정이 과연 옳은 걸까?'

그의 머릿속에는 성난 늑대 떼처럼 달려드는 혈왕군의 모습이 그림처럼 그려지고 있었다.

더불어 무참히 짓밟히는 숭산 소실봉의 참혹한 광경까지.

싸아아…….

명공은 온몸을 오그라들게 만드는 소름을 느끼며 애써 침착함을 유지했다.

그렇게 얼마나 걸었을까?

군영의 한복판에 상당한 규모의 정자가 우뚝 솟아 있었고, 그곳에 신휘가 서 있었다.

명공은 그가 혈왕임을 확신했다.

'혈왕 신휘…….'

공포의 대명사로 각인되어 있는 위대하고도 무서운 존재를 실제로 보고 있으려니 숨조차 제대로 쉬어지지 않았다.

이미 연후에게서 그러한 기분을 느꼈던 명공으로서는 다시 한번 장문인 효광의 판단에 대해 의구심을 품었다.

잠시 후 연후는 명공과 함께 정자에 올랐다. 감히 함께 오르지 못한 무승들은 정자 아래에서 머물러야 했다.

신우가 무승들을 응시하며 물었다.

"소림에서 왔나?"

"……그렇습니다."

"저번에 청룡사에서 아주 제대로 사고를 쳤던데…… 그놈들은 어떻게 되었소?"

신우의 물음에 철우가 담담히 대답했다.

"옥에 가둬 놓았소."

"쌀 한 톨도 아까운 놈들인데 그냥 죽이지 않으시고……."

"소림이 어떻게 하느냐에 따라 결정한다고 하셨으니 기다려 봅시다."

무승들을 앞에 두고도 거침없이 말하는 신우의 태도에 철우는 흐릿하게 웃었다. 지금 신우는 일부러 겁을 주려는 것이 아니라 진심을 말하고 있었다.

그래서일까?

무승들의 표정이 돌처럼 굳어졌다.

신우가 한마디 더 얹었다.

"소림이고 나발이고, 까불면 그냥 쓸어버립시다. 맡겨만 주면 딱 반나절 만에 소실봉을 아예 숭산에서 없애 버릴 테니까."

* * *

명공은 가시방석이었다.

뭐라 물으면 답을 할 준비를 해 두었지만, 어떻게 된 일인지 연후는 신휘와 찻잔을 기울이며 엉뚱한 대화만 늘어놓고 있었다.

  그렇다고 먼저 효광의 뜻을 전하려니 감히 엄두가 나지 않았다.

  신휘가 물었다.

  "혈가를 가만히 내버려 둬도 괜찮을까?"

  "벌이 안정될 때까지 당분간은 지켜볼 생각이다. 그동안 우리도 재정비의 시간을 가지면 되는 것이고."

  둘은 명공이 있거나 말거나 중요한 사안에 대해 논의를 이어 갔다.

  그리고 한참이 지난 후에 연후는 명공을 돌아보며 말했다.

  "지루하지 않소?"

  "……괜찮습니다."

  "조금만 기다리시오. 우리한테는 꽤 중요한 일이라서 말이오."

  "저는 괜찮으니 얼마든지 대화하십시오."

  "이해해 줘서 고맙소."

  그러고는 다시 대화를 이어 갔다. 그리고 한 시진쯤 지난 후에야 명공에게 물었다.

  "내 뜻에 대한 답을 들어야겠소."

"장문인께서 공사가 다망하시어 당분간은 시간을 낼 수 없다 하셨습니다. 조금만 더 말미를 주신다면 반드시 가주를 찾아뵐 것이라시며 양해를 부탁하셨습니다."

명공은 불문율을 어긴 것과 관련한 내용은 감히 꺼내지도 못했다.

"뭔가 착각을 하고 있는 것 같소?"

"……예?"

탁!

연후는 차를 한모금 마시고는 말을 이었다.

"청룡사는 내게 도움을 청했소. 그에 나는 무사를 남겨 그들을 도우라 했소. 그런데 귀측의 무승들이 찾아와 폭력을 행사하고 청룡사의 주지를 해쳤소. 이게 무엇을 의미하는지 생각은 해 봤소?"

"……"

"나는 말이오. 지금껏 먼저 공격을 해 오면 그게 누구든 용서한 적이 없소. 해서 하는 말인데…… 소림이 불가침의 영역인 불가에 속했다고 해서 예외일 수는 없소."

쿵!

명공의 머릿속이 하얗게 변하는 순간이었다.

3장
우문적의 결심

우문적의 결심

연후의 경고성이 이어졌다.

"돌아가서 똑똑히 전하시오. 장문인이 직접 찾아와 용서를 구하지 않으면 청룡사에서의 일을 북부를 선제공격한 것으로 간주하여 응당한 대가를 치르게 될 것이라고 말이오."

"……."

명공이 머뭇거리자 신휘가 한마디 툭 던지듯 말했다.

"대답을 않는 것을 보니 받아들이지 못하겠다는 것이군. 그렇다면 우리 식으로 하는 수밖에."

"아, 아닙니다! 돌아가서 가주의 뜻을 그대로 전하겠습니다! 대신 말미를 좀 주십시오!"

"보름을 주겠소."

"……예?"

"여기서 한 마디라도 더 하면 기한은 열흘로 줄어들 것이오."

"……!"

"손님 가신다."

"예."

철우와 신우가 다가오자 명공은 하는 수 없이 합장을 하고 정자를 내려갔다.

그런 명공의 등이 식은땀으로 흥건했다. 가사가 펑퍼짐했기에 망정이지, 보통의 무복이었다면 몸에 찰싹 달라붙었을 것이다.

명공은 무승들을 이끌고 부리나케 혈왕군의 군영을 빠져나갔다. 가는 동안에 쏟아지는 시선이 마치 칼날처럼 그들의 전신을 난도질했다.

"소림사로 언제 쳐들어가냐?"

"뭐, 곧 결정이 나겠지."

"한동안 전투가 없어서 몸이 근질근질해서 죽을 맛인데, 빨리 결정이 났으면 좋겠다. 흐흐흐!"

곳곳에서 날아드는 한마디, 한마디가 명공의 발걸음을 부추겼다.

'사형께서 잘못 판단하셨다. 북부의 주군은…… 결코 물러설 위인이 아니다!'

그때 한 무승이 말했다.

"지금쯤이면 장문사형께서는 백야벌로 떠나셨을 텐데…… 하면 저희도 곧장 백야벌로 가야지 않겠습니까?"

"그렇습니다. 한시라도 빨리 전해 드리려면 그렇게 해야 할 것 같습니다."

무승들의 이어진 말에 명공은 발길을 북쪽으로 돌렸다.

보름이라는 기한은 결코 길지 않은 시간이었다. 그렇다면 최대한 빨리 효광에게 연후의 뜻을 전하고 대처를 강구해야 했다.

'말이 있으면 좋으련만…….'

백야벌까지는 제법 거리가 있었다.

그때였다.

두두두!

은은한 울림과 함께 군영 좌측의 평원에서 흙먼지가 일어났다. 뒤이어 흙먼지를 뚫고 기병들이 모습을 드러내기 시작했다.

훈련을 나갔다가 돌아오는 혈왕군의 주력 부대였다.

핏빛 깃발에 쓰여 있는 혈왕이라는 글자가 명공의 두 눈을 비수처럼 파고들었다.

"비켜!"

선두에서 질풍처럼 달려오는 한 혈왕군이 명공과 무승

들을 향해 소리쳤다.
 명공과 무승들은 한참을 뒤로 물러섰다.
 두두두!
 혈왕군은 그런 그들의 앞을 맹렬한 속도로 지나갔다. 명공과 무승들은 흙먼지를 고스란히 뒤집어쓴 채로 혈왕군이 다 지나갈 때까지 기다려야 했다.
 한 무승이 나지막이 불호를 터트렸다.
 "아미타불……."
 혈왕군의 기세에 압도되어 자신도 모르게 흘러나온 불호였다.
 명공도 목구멍까지 올라온 불호를 애써 집어삼켰다.
 지금 그의 머릿속은 오직 한 가지 일념뿐이었다.
 '장문사형을 말려야 한다.'

　　　　　　　＊　＊　＊

 "소림을 진짜 칠 생각인가?"
 "하는 거 봐서."
 "꽤 성가실 수도 있을 텐데…… 괜찮겠나?"
 "우리가 언제 그런 거 따져 가며 살았나?"
 "하긴."
 피식.

연후는 훈련을 나갔다가 돌아오는 혈왕군을 바라보며 말을 이었다.

"무림맹이 정파의 연합을 표방한 것이면 적어도 수장만큼은 누구보다 정의로운 자가 되어야겠지. 그런 면에서 보자면 소림장문인은 자격 미달이다."

"우습지 않나?"

"뭐가?"

"누구보다 정의로워야 할 소림이 타락했다는 거. 부처님도 아마 크게 진노하고 계실 거다. 자신을 추종하는 자들이 세속의 추악한 욕망에 오염되었으니까 말이다."

"소림 전체가 그렇지 않기를 바라야겠지."

"전체가 그렇다면?"

"그땐……."

연후는 말끝을 흐리며 찻잔을 입으로 가져갔다. 뒷말은 굳이 듣지 않아도 될 터였다.

탁!

"훈련 성과는 좀 나오고 있나?"

"예상보다 더 잘 따라 주고 있다. 이대로 일 년 정도만 더 훈련을 시키면 다들 기존 혈왕군의 수준에 준하는 정병이 되고도 남을 것 같다."

"다행이군."

"자네 덕이야."

"이젠 아부도 할 줄 아나?"

"아부가 아니라 자네가 무사들의 처우를 크게 향상시켜 준 덕분에 기존의 혈왕군까지 사기가 잔뜩 올라가 버렸어. 후후후."

사실이었다.

연후는 북부의 모든 무사의 처우를 개선했다. 그중에서 가장 큰 것은 한 달에 지급하는 돈을 과거보다 두 배로 올렸다는 점이었다.

또한 전사자의 가족과 부상자들에게도 넉넉한 포상을 내려 삶이 궁핍해지지 않게 해 줌으로써, 무사들이 걱정 없이 전장에 나설 수 있게 해 주었다.

신휘가 연후를 응시하며 묘한 웃음을 지었다.

"솔직히 좀 놀랬다."

"나 때문에?"

"그래. 자네에게 성군의 기질이 있을 거라고는 생각해 본 적이 없었거든. 공포 정치를 통한 철혈의 군주라면 모를까."

"솔직히 나도 후자가 더 어울린다고 생각한다."

"후후후."

"하하하!"

연후의 그 말에 정자 아래에 있던 신우가 크게 웃음을 터트렸다. 웃음소리가 너무 컸는지 철우가 신우의 옆구리를 쿡 찔렀다.

신휘가 일어섰다.

"곧 점심시간인데 몰리기 전에 식사나 하러 갈까?"

"그러지."

연후와 신휘는 나란히 군영을 가로질렀다.

가는 동안에 그들을 향한 군례가 천지를 쩌렁쩌렁 울렸다.

* * *

철혈가.

송영이 육손의 거처를 찾았다.

누구보다 바쁜 나날을 보내고 있는 육손을 위해 몸에 좋은 요리를 갖고 찾아간 것이다.

"잘되어 가고 있냐?"

"뭐, 그럭저럭…… 된 것도 있고, 아직 한참 남은 것도 있고 그래. 한데 그거 나 먹으라고 갖고 온 거냐?"

"너 챙겨 주는 사람이 나밖에 더 있냐? 식기 전에 얼른 먹고 해라. 해동에서 넘어온 삼을 넣고 끓인 거라 원기 회복에 그저 그만이라더라."

"야! 해동삼이 천하일품이라고 하던데 어디서 그 귀한 것을 구했냐?"

"따지지 말고 그냥 먹어, 자식아."
"어디 맛 좀 볼까?"
 육손은 송영이 내놓은 요리를 보며 냉큼 숟가락을 들었다.
 잠시 육손을 지켜본 송영이 물었다.
"영단은 진척이 좀 있냐?"
"혜몽, 그 양반이 꽤 열심히 하고는 있는데, 마지막 단계에서 좀 힘든가 봐. 그래도 하나는 완성했다."
"오! 그래? 효능은? 내공이 몇 갑자씩 팍팍 늘어나는 거냐?"
"그런 영단이 있으면 소림사가 천하최강이게. 그 정도까지는 아니고 일 갑자 정도는 가능할 거다. 물론 혜몽, 그 양반이 만든 것을 내가 손을 봐서 그렇다는 거지, 소림의 제조법으로는 어림도 없다고. 후후후."
"장하다, 자식아."
 송영이 으쓱해하는 육손의 머리를 어루만져 주었다. 그러다가 고개를 갸웃하며 중얼거렸다.
"주군께 일 갑자의 내공이 필요하긴 할까?"
"주군이 아니라 동방가주께서 드실 건데?"
"아! 그렇지."
"이제 입 좀 다물어 줄래?"
"……."

"이것 좀 먹게."

"망할 놈."

"ㅎㅎㅎ."

육손은 몇 끼를 굶은 사람처럼 게걸스럽게 먹었다. 송영은 그런 육손을 보며 과거 육손이 사경을 헤매던 때를 떠올리며 나지막이 숨을 내쉬었다.

그땐 모두가 육손이 죽는 줄로만 알았다. 만약 연후가 조금만 늦게 도착했더라면, 하는 생각에 송영은 치를 떨었다.

"영아."

"왜."

"그 양반은 좀 어때?"

"어떻긴. 이제 철혈가 사람이 다 됐지 뭐. 그래도 혹시나 싶어서 더 지켜봤는데, 이제 더는 걱정하지 않아도 될 것 같더라."

"다행이네."

황태를 두고 한 말이었다.

"우문적, 그 양반도 돌아서면 좋을 텐데……."

"그 양반도 심경의 변화를 일으키는 것 같긴 하더라. 하지만 뭐, 워낙에 악당이었으니 조금 더 지켜봐야지. 야! 흘리지 좀 말고 먹어라!"

씨익.

"네가 자꾸 말 거니까 이러잖아."
"지랄! 네놈이 말을 걸었잖아!"

* * *

 우문적은 황태와 술잔을 기울였다.
 대낮임에도 불구하고 벌써 빈병이 꽤 돌아다니고 있었다.
 어느 순간부터 마음이 통하기 시작한 둘은 툭하면 정자에 올라 낮술을 즐겼고, 어떨 땐 밤을 새워 가며 수십 병을 비우곤 했다.
 우문적이 술잔을 내려놓더니 갑자기 귀를 후볐다.
"어떤 놈이 내 욕을 하나……."
 쪼르륵.
 황태가 우문적의 술잔에 술을 따르며 넌지시 물었다.
"요즘 무슨 고민이라도 있소?"
"고민은 무슨. 그냥 하릴없이 놀고먹으려니 좀이 쑤시는 것 말고는 전혀……."
"그게 아닌 것 같은데?"
"……."
 우문적이 갑자기 말문을 닫아 버리자 황태는 더 묻지 않고 묵묵히 술잔을 기울였다. 그렇게 두 잔을 더 비웠을 때 우문적이 물었다.

"철혈가에 뼈를 묻기로 작정한 것 같던데…… 내가 잘못 봤나?"

"제대로 봤소."

"무엇 때문에 그러기로 했지?"

"뭐, 그냥 이곳이 마음에 드니까. 꼬맹이하고 정도 많이 들고 했고……."

꼬맹이는 송영을 말함이었다.

황태가 물었다.

"갑자기 그건 왜 묻소?"

우문적이 다시 말문을 닫고는 거푸 석 잔을 비웠다.

탁!

"나더러 황하수련의 련주로 되돌아가라고 하더군. 자신이 도와주겠다면서."

"가주가 그렇게 말했단 말이오?"

"그래."

"해서 어쩌기로 했소?"

"고민 중이다. 아주 심각하게……."

피식.

황태의 입가에 옅은 미소가 걸렸다.

"고민이 아니라 이미 결정을 내린 것 같은데…… 아니오?"

"크흠!"

"나 같으면 가주의 말에 따를 거요. 귀하도 이렇게 살기에는 아까운 사람이기도 하고…….”
"그걸 고민하는 게 아니다.”
"그럼 뭐요?”
"곧 알게 될 테니 지금은 술만 마시지.”
결국 두 사람은 달이 중천에 떠오를 때가 되어서야 자리를 파했다.
"내일 또 봅시다.”
황태가 거처로 돌아가자 우문적은 중천에 떠오른 달을 올려다보며 나지막이 숨을 내쉬었다.
"달빛 한번 더럽게 밝네.”
우문적은 달을 바라보며 상념에 잠겼다. 그러고는 며칠 전 연후와 나눴던 대화를 떠올렸다.

내 편이 되어 주면 되지 않소.

연후의 목소리가 귓속을 맴돌았다. 자신을 향하던 진심 어린 눈빛도 떠올랐다.
"후우…….”

　　　　　＊　＊　＊

"주군, 우문 련주가 찾아왔습니다.”

철우의 목소리에 연후는 심법 수련을 중단하고 겉옷을 걸쳤다.
"모셔라."
잠시 후 우문적이 들어섰다.
"이 야밤에 어쩐 일이오?"
"방해가 됐소?"
"괜찮으니 앉으시오."
우문적이 연후의 맞은편에 앉자 철우가 찻잔을 놓고 나갔다.
"술을 꽤 마신 것 같소?"
"혈가 나부랭이하고 한잔했소."
피식.
연후는 차를 한 모금 마셨다. 그리고 잔을 내려놓으려고 할 때였다.
돌연 우문적이 벌떡 일어나더니 바닥에 한쪽 무릎을 꿇고 머리를 숙였다.
쿵!
"나를 거두어 주시오."
난데없는 상황에도 연후는 담담한 눈빛으로 우문적을 바라봤다.
"황하수련을 맡겠소. 대신 나를 거두어 주시오."
"휘하에 들기를 자청하는 것이오?"

"그렇소."
"진심이오?"
"내 목숨을 걸고 맹세하겠소."
연후는 즉답을 하지 않고 우문적을 잠시 더 바라봤다. 그러다가 철우를 불렀다.
"들어와."
철우가 들어섰다.
"술상 좀 봐 줘야 할 것 같은데."
"알겠습니다."
철우가 나가자 연후는 말을 이었다.
"술자리가 끝나면 그때부터 한 식구가 된 것을 인정하겠소."
부르르…….
우문적이 전신을 떨었다. 뒤이어 이마를 바닥에 찧었다.
하지만 한 줄기 잠력이 그의 얼굴을 슬며시 밀어냈다.
"무릎을 꿇는 것은 이번 한 번만 허락하겠소. 이후, 세상의 누구에게도 무릎을 꿇어서도, 머리를 조아려서도 안 될 것이오. 알겠소?"
"명심하겠…… 하겠습니다!"
"그리고 말투는 그대로 유지하시오. 당신이 하는 존대는 생각만 해도 어색해서 닭살이 올라올 것 같으니까."

"알겠소, 주군!"

* * *

"참으로 놀랍구나. 허어……."

소림의 장문인 효광은 백야벌의 위용에 눈빛을 떨었다. 처음 와 보는 백야벌은 그에게 압도적이라는 표현 말고는 달리 형언할 길이 없을 만큼 위압적이었다.

보고 있자니 가슴에 담아 놓은 자신의 꿈이 한없이 초라해지는 것 같았다.

그때 승려 하나가 다가왔다. 경계 무사들에게 방문을 알리고 온 승려였다.

"저곳에서 잠시 기다리라고 합니다."

효광의 눈빛이 변했다.

"기다리라 했단 말이냐?"

"예. 그게…… 팔대가문의 수장이 아니면 천하의 누구라도 그렇게 해야 한다고 했습니다."

효광은 자존심이 상했다.

하지만 떼를 부릴 수는 없는 노릇. 그는 어쩔 수 없이 정문 옆의 자그마한 전각으로 향했다.

안으로 들어가니 열 명가량이 먼저 들어와 있었다. 대부분이 무인이었지만 상인 차림을 한 사람들도 있었다.

주변을 둘러본 승려의 얼굴이 당혹감으로 물들었다. 앉을 자리가 없었던 까닭이다.

그때였다.

"들어왔으면 문부터 닫으시오. 바람이 들이치잖소!"

한 무인이 짜증스럽게 말했다.

승려가 호통쳤다.

"예를 갖추시오! 이분은 대소림의 장문인이시오!"

"헉! 소, 소림사의 장문인…… 이러면서 자리를 내줄 줄 알았소? 냉큼 문부터 닫으라니까!"

"문 닫으시오!"

승려의 얼굴이 무참히 일그러졌다.

"질서를 지켜야지. 나는 괜찮느니라. 크흠!"

효광은 헛기침을 하고 벽 쪽으로 걸어갔다. 그리고 한없는 기다림의 시간이 이어졌다.

한 명, 두 명씩 나가더니 결국 효광과 승려들만이 남게 되자 한 승려가 분통을 터트렸다.

"이럴 수는 없습니다! 아무리 백야벌이라도 우리 소림을 이렇듯 우습게 여기다니요!"

"기다리자꾸나."

그때 문을 열고 무사 한 명이 들어섰다.

"왜 이렇게 늦었소!"

"무슨 소리요?"

"……백야벌 소속 무사가 아니시오?"
"백야벌에 볼일이 있어 온 사람이오!"
"……."

* * *

"소림사의 장문인이 왔다고?"
"예. 중요한 일이 있다면서 급히 뵐 것을 요청해 왔습니다. 어떻게 할까요?"
"소림사의 장문인이라고 해서 예외일 순 없는 법. 먼저 온 사람들부터 들이도록 해."
"알겠습니다."
무사가 물러가자 철군악은 창가로 걸어가 창문을 열어젖히고는 정문 쪽을 바라봤다.
'탄원을 접수하고도 아직 결정이 나지 않아 안달이 난 모양이군.'
철군악은 소림사에 불만이 컸다.
그도 소림사의 주도로 무림맹이라는 연합체가 곧 출범할 것이라는 것을 알고 있었다. 그로 인해 벌 내부에서도 말이 많았고, 벌의 수뇌부 대부분은 새로운 연합체의 출범을 탐탁지 않게 여기고 있었다.
'혼란스러운 이때에 새로운 연합체라니…….'

"사자, 접니다."
"들어오시게."
호위장 허도가 문을 열고 들어섰다.
"대지존께서 찾으십니다."
"알겠네."
철군악은 겉옷을 걸치고 밖으로 나섰다. 허도가 그와 나란히 걸었다.
"무슨 일이라도 생겼는가?"
"저도 잘 모르겠습니다. 다만 조금 전에 정보전의 보고를 받으시고 크게 진노하신 것 같았습니다."
'정보전이 무슨 보고를 올렸기에……'
철군악은 걸음을 빨리했다.
잠시 후 소무백의 거처로 들어간 철군악은 소무백의 표정이 잔뜩 굳어 있음을 확인하고는 눈빛을 가라앉혔다.
"부르셨는지요."
"조금 전에 정보전의 보고를 받았습니다. 전주가 말하기를 대막과 서장, 그리고 북해와 동영과 관련하여 수년에 걸쳐 모아 두었던 정보집이 모조리 사라졌다고 하더군요."
"……!"
"보나 마나 장로원주를 추종하는 자의 소행이겠지요."
"노기를 가라앉히시지요. 이 정도는 충분히 각오하셨

지 않습니까."

"하지만 새외의 정보를 없애다니요. 그 작자들도 다 같은 중원인이 아닙니까! 하면 결코 이럴 순 없는 법이지요!"

소무백은 정말 화가 많이 나 있었다. 철군악도 그가 이렇게까지 화를 내는 것은 일찍이 본 적이 없었다.

'장로원주의 그림자는 여전히 걷히지 않았다. 곳곳에서 그를 추종했던 자들이 보이지 않는 저항을 하고 있다. 어쩌면 처음부터 모든 것을 다시 시작해야 할지도…….'

사실 누구보다 현 상황에서 암울한 것은 철군악이었다. 전반적인 모든 것을 챙기는 것이 그의 역할인데, 며칠 동안에 걸쳐 겪은 황당함과 당혹감은 이루 말할 수가 없을 정도였다.

가장 심한 곳은 총관부였다.

벌의 재정을 담당하는 그곳을 조사해 본 결과, 재정은 거의 바닥이 나 있었고, 황금상단과 대륙상단에 빌린 돈이 은자로 수백만 냥에 달해 있었다.

두 상단에 갚아야 할 이자만 한 달에 수만 냥에 달했으니, 그야말로 겉은 화려하지만 속은 곪을 대로 곪아 있었던 것이다.

소무백이 침중한 어조로 다른 말을 꺼냈다.

"당장은 황하수련이 문제입니다. 그곳을 대리 통치를

하려면 막대한 재정을 투입해야 할 텐데…… 그만한 여력이 되질 않지 않습니까."

"안 그래도 그것과 관련하여 백방으로 방법을 찾고 있으니 기다려 보시지요."

"차라리……."

소무백이 말끝을 흐렸다.

"말씀하십시오."

"차라리 북부와 남부로 하여금 황하수련을 병합케 하는 것은 어떻겠습니까?"

"저도 그 부분을 고민해 봤는데…… 아무래도 힘들 것 같습니다. 그렇게 하면 당연히 다른 가문들이 반발하고 나올 것입니다. 그러면 그 자체로 그분께 누를 끼치게 되는 것이라……."

"그렇군요. 다른 가문의 반발은 각오했지만 그것이 그분께 누가 될 수도 있다는 것은 미처 생각하지 못했습니다."

소무백이 한숨을 내쉬며 두 손으로 관자놀이를 짚었다.

철군악은 그런 소무백을 응시하며 안타까움을 금치 못했다.

사실 소무백은 서문회가 사라진 이후로 어느 때보다 열정적이었다. 대지존으로서 제대로 보여 줄 것이라는 각오도 굳건했다.

 하지만 시간이 지나면서 점점 힘에 부치는 모습을 보이기 시작했다. 서문회를 추종하는 자들의 보이지 않는 저항으로 벌의 상황이 최악으로 치닫고 있었기 때문이다.

 '약해지시면 안 됩니다. 이럴 때일수록 더욱더 강건하게 맞서야 합니다.'

 철군악은 목구멍까지 올라온 그 말을 도로 삼켰다.

 그때였다. 허도가 문을 열고 들어섰다.

 "소림사의 장문인이 대지존을 뵙기를 계속 청하고 있습니다."

 소무백이 철군악을 돌아봤다.

 "철혈가와의 일로 또 찾아온 것이오?"

 "그런 것으로 예상됩니다. 제가 다시 만나서 잘 이야기할 테니 대지존께서는 신경 쓰지 마십시오."

 "예. 그렇게 하세요."

* * *

 자그마한 전각에서 대기를 하기를 벌써 두 시진.

 효광은 시간이 흐를수록 자신이 한없이 초라한 존재라는 사실을 절감할 수 있었다.

 그렇게 효광이 스스로 되돌아보던 그때였다.

문이 열리고 철군악이 들어섰다.

효광을 비롯한 승려들이 일제히 그를 향해 합장하며 머리를 조아렸다.

"아미타불. 대지존을 뵙습니다."

"대지존의 곁을 보좌하는 사자 철군악이오. 대지존께서 매우 바쁘신 관계로 본인이 대신 왔으니 다들 앉으시오."

순간 효광의 얼굴에 실망의 빛이 드리웠다.

그는 숨을 한 번 고른 다음 말했다.

"대지존께 직접 말씀드리고 싶습니다만."

"일전에 올린 탄원서 때문이오?"

"그렇습니다."

"그 문제는 지금 조사 중이오. 다만 귀측에 한마디 먼저 하자면…… 팔대가문의 수장을 음해하면 그 죄가 어떠한지 모르지 않을 터. 혹시라도 탄원서에 조금의 거짓이나 과장이 섞여 있다면 모든 책임은 소림이 져야 할 것이오."

"불자가 어찌 거짓을 말하겠습니까. 하면 시간이 얼마나 걸리겠는지요?"

"북부에 사람을 보내어 백야벌에 출두하여 조사를 받을 수 있도록 전달해 두었소. 북부에서 사람이 도착하는 대로 최대한 빨리 조사를 진행할 테니 장문인은 염려치 마시오."

"알겠습니다."

"이 몸은 회의가 있어서 이만 일어나 보겠소."

철군악이 떠나자 허도가 무사 한 명을 불러 효광 일행을 안내하라고 지시했다.

효광과 승려들은 호위를 따라 밖으로 나섰다. 그들이 안내를 받은 곳은 귀빈각에서 조금 떨어진 곳에 위치한 별도의 공간이었다.

"방 하나를 쓰는 데 하루에 은자 다섯 냥입니다."

"돈을…… 내야 한단 말이오?"

"몰랐습니까?"

"몰랐소이다."

"비싸다 생각되시면 벌 밖의 도시에 머무르셔도 됩니다. 물론 사건 진행과 관련한 내용을 확인하시려면 재차 방문 절차를 밟아 재입성하셔야 합니다."

무사가 다른 몇 가지를 더 알려 주고 돌아가자, 승려들은 어이가 없다는 표정으로 효광을 응시했다.

효광은 애써 태연한 척을 했다.

"이곳 법이 그러하다면 따를 수밖에."

"그렇지만 은자가…… 모자랄 것 같습니다. 저희들이 한방을 쓴다고 해도 하루에 다섯 냥, 열흘이면 방값만 오십 냥입니다."

그때 한 승려가 나섰다.
"저희들은 벌 밖 저잣거리의 값싼 객잔에 머무르면 됩니다. 다만 그렇게 되면 수발을 들어 줄 사람이······."
"흐흠! 한 명은 남아서 나와 한방을 쓰도록 하거라. 방이 넓으니 두 명은 충분할 것 같구나."
"그럼 제가 장문인을 모시겠습니다."
결국 승려 한 명만 남고 다른 승려들은 벌 밖 저잣거리로 나섰다.

　　　　　　　＊　＊　＊

사흘이 지나는 동안에 효광은 백야벌의 곳곳을 둘러보았다.
물론 들어가지 못하는 곳이 더 많았고, 멋모르고 접근했다가 쫓겨나는 굴욕도 맛봤다. 연이은 수모에 효광은 그동안 자신들이 우물 안의 개구리였다는 것을 절감하며 탄식했다.
하지만 효광은 절대 꺾이지 않았다.
'북부의 위협으로부터 사문을 지켜 내려면 이 정도 수모쯤은 백 번, 천 번도 감수할 수 있다.'
스스로를 다지며 효광은 하루빨리 북부무림에서 사람이 오기를 기다렸다.

그리고 이틀이 더 지났을 때, 아침을 잘못 먹어서인지 속이 더부룩했던 효광은 산책을 하기 위해 거처를 나섰다가 정문의 계단을 올라서는 사람들을 발견하고는 안광을 번뜩였다.

비범한 분위기를 뿌리는 자들이었다.

하지만 그것 때문에 안광을 발한 것은 아니었다.

"철혈가에서 온 사람들이래."

"와! 분위기 한번 무시무시하다."

지나가던 사람들의 수군거림을 들은 까닭이다.

효광은 자신을 향해 똑바로 걸어오는 세 사람을 응시하며 슬며시 뒤로 물러섰다.

'드디어 왔구나.'

* * *

우문적은 감회가 새로웠다.

지난날 황하수련의 련주의 신분으로 이곳을 찾았을 때와는 느낌부터가 달랐다.

'여긴 하나도 변하지 않았구나.'

서문회에게 비롯된 사건으로 인해 대격변의 시기를 맞고 있다지만 우문적의 눈에는 그저 대단할 따름이었다.

"어서 가시지요."

"알겠소."

우문적과 함께 온 사람은 군사 현진과 서백이었다.

백야벌의 장엄함에 눈 하나 깜박이지 않는 사람은 현진뿐이었다.

"군사, 저기를 좀 보시지요."

서백의 말에 현진이 시선을 돌렸다. 그러고는 자신들을 쳐다보며 서 있는 소림의 승려들을 발견하고는 이채를 발했다.

이마에 찍혀 있는 계인으로 현진은 그중 한 명이 장문인 효광임을 알 수 있었다.

'당신은 건드려선 안 될 분을 건드렸소. 그 대가가 어떠할지는 솔직히 나도 모르겠소.'

"무시하고 갑니까?"

"곧 보게 될 터이니 그냥 가자꾸나."

"예."

현진, 서백과는 달리 우문적은 효광을 노려보며 한마디 중얼거리는 것을 잊지 않았다.

"멍청한 것들. 쯧쯧쯧."

* * *

사람을 보냈소. 매우 중요한 일이니 사자께서 잘 처리해

주시기 바라오. 자세한 내막은 그들을 통해 듣도록 하시오.

이틀 전, 철군악은 연후로부터 한통의 서신을 받았다. 그리고 오늘, 철혈가에서 사람이 당도했다는 말을 듣고 부리나케 거처를 나서는 중이었다.

함께 가겠다는 소무백을 간신히 말렸다.

보는 눈이 있으니 대지존이 직접 마중을 나서는 것은 좋지 않다는 이유를 듣고서야 소무백은 물러섰다.

잠시 후 철군악은 지존궁의 정문을 향해 걸어오는 현진 등을 발견하고는 걸음을 빨리했다.

그러다가 두 눈을 눈빛을 발한 것은 맨 뒤에서 걸어오는 우문적을 보았을 때였다.

이미 연후를 통해 그가 살아 있고, 철혈가에서 지내고 있다는 사실을 알고 있었던 철군악은 순간 머릿속이 환해지는 느낌이었다.

'중요한 일이라는 것이 혹시……'

그때 현진이 철군악을 향해 머리를 조아렸다.

"북부의 군사 현진이 사자를 뵙습니다."

"사자를 뵙습니다."

현진, 서백과는 달리 우문적은 씩 웃으며 한마디 건넸다.

"오랜만이오, 사자."

"어서 오십시오. 어서 안으로 드시지요."
잠시 후 모두는 소무백의 거처로 들어섰다.
소무백이 그들을 반갑게 맞았다.
이런저런 덕담이 오간 뒤에 현진이 본론을 꺼냈다.
"먼저 주군의 뜻을 전하겠습니다."
현진은 연후의 뜻을 설명했다.
요점은 우문적이 살아 있으니 그로 하여금 황하수련을 통치하게 함이 어떠한가 하는 것이었다.
철군악은 예상이 맞아떨어지자 자신도 모르게 웃었다. 소무백도 철군악을 돌아보며 한시름 놓았다는 표정을 지었다.
재정 때문에 황하수련의 대리 통치를 걱정하고 있었던 차에 우문적의 등장은 가뭄 끝에 내리는 단비나 마찬가지였다.
소무백이 철군악을 향해 물었다.
"옛 주인이 돌아왔으니 마땅히 돌려주어야지 않겠습니까?"
"예. 옛 주인이 원하고, 대지존께서 허락하신다면 마땅히 그리되어야 할 것입니다."
"벌의 법규는 어떠합니까?"
"과거 이와 같은 전례가 있었으니 문제 될 것은 없습니다. 다만 직전에 전쟁을 치렀던 북부와 남부의 용인이 있어야 하는데, 그 역시 별문제가 되지 않을 듯합니다."

"하면 사자께서는 집법원에 고하여 속히 절차를 밟아 주십시오."

"예, 대지존."

지켜보던 우문적은 얼떨떨했다.

'이게…… 이렇게 쉽고 간단한 것이었나?'

걱정 말고 가라는 연후의 말을 들었을 때에도 과연 될까, 하는 의구심을 품었던 우문적이었다. 설사 된다고 해도 한참은 진통을 겪을 거라 예상했었다.

그런데 단 일각도 지나지 않아 결정되다니.

소무백이 우문적을 향해 말했다.

"축하합니다, 련주."

"……감사합니다, 대지존."

"하나 명심해야 할 것이 있습니다."

"말씀하시지요."

"결코 이전과 같은 황하수련이 되어서는 안 될 것입니다. 제 말이 무슨 뜻인지는 련주께서도 잘 아시시라 믿겠습니다."

"염려 마십시오. 이전처럼 속을 썩이는 일은 절대 없을 것입니다."

"믿어도 되겠습니까?"

"이 우문적, 비록 악당이라 손가락질을 받았지만 한 번

뱉은 말은 반드시 지키는 사람입니다!"

흥분한 탓인지 목소리가 이전처럼 걸걸해지는 우문적이었다.

그때 서백이 한마디 했다.

"염려 마십시오. 련주께서는 완전히 새사람이 되셨습니다. 덕분에 본 가에서도 인기가 꽤 좋으십니다."

"크흠. 뭘 그런 소리를……."

멋쩍어하는 우문적을 보며 모두가 웃었다.

우문적은 울컥해서 눈물이라도 쏟고 싶은 심정이었다. 다시는 돌아가지 못할 자리라 여겼던 황하수련의 련주. 미련조차 없었던 그 자리에 다시 서게 될 것을 생각하니 모든 것이 꿈만 같았다.

'고맙소.'

그때 현진이 조심스럽게 입을 열었다.

"소림사의 탄원과 관련하여 한 말씀 올려도 되겠는지요."

"말씀하시오."

현진은 미리 준비해 두었던 말을 꺼냈다.

그는 청룡사에서 폭력을 행사하고 주지의 목숨을 앗아간 소림의 행위를 절대 용서하지 않겠다는 연후의 뜻을 짤막하게 설명했다.

"또한 혼란의 시기에 무림맹이라는 연합체를 출범시키

려 하는 것에도 분명한 반대를 표하셨습니다. 이에 주군께서는 벌의 중재는 필요치 않으며 당신의 뜻대로 행할 것이라 말씀하셨습니다."

소무백은 묵묵히 고개를 끄덕였고, 철군악은 그럼 그렇지 하는 표정을 지었다.

철군악이 말했다.

"이처럼 인과가 확실하다면 가주의 뜻대로 하심이 옳지요. 다만 탄원이 들어왔으니 벌의 절차에 따라 논의는 거쳐야 하고, 그러자면 최소 며칠은 걸릴 듯한데……."

"시간은 상관없다 하셨습니다."

"알겠소. 하면 최대한 빨리 준비토록 하겠소이다."

"감사합니다."

서백과 우문적이 신기해할 정도로 일은 빨리 마무리되었다.

세 사람은 소무백이 베푼 식사까지 거하게 마친 뒤에서야 철혈가의 전각으로 향했다.

언제나 그러하듯 철혈가에서 사람이 오면 철혈가의 전각은 잔칫집 분위기로 바뀌었다.

분위기가 한껏 무르익어 갈 즈음에 철군악은 현진에게 잠시 대화를 나누자고 했다. 두 사람은 곧 뒷마당으로 나섰다.

그 자리에서 철군악은 소향에 대해 물었다.

"아가씨께서는 무탈하시오?"

"예. 잠시 건강이 좋지 않아 염려가 컸는데, 지금은 완쾌하시어 잘 지내고 계시니 걱정하지 마십시오."

"다행이오. 참으로 다행이오."

"주군께서는 오히려 대지존과 사자의 건강을 염려하고 계십니다. 또한 곁에서 도와주지 못함을 매우 안타까워하십니다."

철군악은 갑자기 목이 메었다.

그는 잠시 감정을 억누른 뒤에 말을 이었다.

"굳건히 잘 해내고 있으니 염려 마시라 전해 주시오. 또한 이번에도 큰 도움을 받은 것에 감사한다는 말씀도 꼭 전해 주시오."

"도움이라시면……."

"사실 벌의 재정 상황이 좋지가 못하다오. 이런 상황에서 막대한 자금을 필요로 하는 황하수련의 대리 통치를 두고 고민하던 차였는데……."

철군악은 속내를 털어놓았다.

현진은 그의 말을 들으면서 연후를 떠올렸다.

'주군께서는 이와 같은 상황을 간파하시고 우문적을 황하수련의 련주로 복권시키려고 하신 걸까? 만약 그렇다면…….'

헛웃음밖에 나오지가 않았다.

앉아서 천리를 내다보는 것이 이런 경우를 두고 한 말이리라.
'우연이겠지. 아무리 주군이라도 이런 것까지 내다볼 순 없다.'

* * *

갑자기 귀가 가려워진 연후가 귀를 후빌 때, 효광을 말리기 위해 백야벌로 떠난 명공은 필사적으로 달리고 또 달렸다.
그렇게 달린 끝에 여섯 날이 지난 후에 백야벌에 당도할 수 있었다.
"조, 조금만이라도 쉬었다 가시지요. 헉헉헉."
"더 걸었다가는 쓰러질 것 같습니다!"
기진맥진한 승려들이 거친 숨을 토하며 금방이라도 쓰러질 것처럼 휘청거리자 명공은 하는 수 없이 객잔을 찾아 들어갔다.
그리고 그곳에서 소면을 시키고 기다리고 있던 그때, 객잔으로 들어서던 자들을 발견하고는 두 눈을 부릅떴다.
효광과 함께 왔다가 돈이 모자라 저잣거리로 나와야 했던 승려들이었다.

"너희들이 여긴 어쩐 일이냐?"
"……사숙께서는 왜 이곳에 계십니까?"
서로가 서로를 보며 놀랐다.
"장문사형께서는 어디 계시느냐?"
"백야벌에서 머물고 계십니다."

승려는 명공에게 자초지종을 간략하게 설명했다. 설명을 듣는 와중에 시간이 상당히 걸릴 것 같다는 대목에서 명공은 두 눈을 부릅떴다.

"안 되겠다. 당장 장문사형을 만나야겠다! 어서 앞장서거라!"
"점심은 드시고 가시지요."
"그럴 시간이 없으니 어서 앞장서거라!"
"……예."

명공은 함께 온 승려들은 놔두고 백야벌의 정문으로 향했다. 그는 가면서 물었다.

"철혈가에서 사람이 왔느냐?"
"저흰 밖에 있어서 그것까지는 잘 모르겠습니다. 안 그래도 오늘 들어가서 뵐까 했습니다."

명공은 초조했다.

'벌써 여섯 날이 지났다. 여기서 더 미적대다가는 우리 소림은 천추의 한을 남기게 될 것이다.'

잠시 후 명공은 방문을 알리고 정문 옆의 대기소로 들

어갔다. 안에는 이미 상당수의 사람이 모여 있었다.

한 승려가 고개를 절레절레 흔들었다.

"하아…… 오늘은 시간이 더 걸리겠네."

"그게 무슨 소리냐?"

"순서대로 들어갈 수 있습니다. 장문사형께서도 거의 두 시진이나 기다렸습니다."

"소림사에서 왔다고 알리지 않았느냐?"

"소용없습니다. 저번에도 그랬다가 비웃음을 샀는데 한 번 더 그러면 정말 조롱거리로 전락하고 말 것입니다. 하니 그냥 기다리시지요."

"……."

* * *

'인맥이 없으니 뭐가 어떻게 돌아가는지 알 길이 없구나.'

효광은 초조했다.

철혈가에서 사람들이 온 지 벌써 이틀이 지났다. 그런데도 백야벌 측에서는 아직까지 아무런 기별조차 없었다.

이쯤 되니 효광은 서서히 불안해지기 시작했다.

연후는 서신을 통해 효광에게 직접 철혈가를 찾아와 용

서를 구할 것을 요구했다.

　효광은 해명이 아닌 용서를 빌라는 연후의 요구가, 여차하면 무력을 행사하겠다는 뜻이라 여겼다.

　'천하에 둘도 없을 무뢰한 같으니…….'

　"후우."

　효광은 머릿속이 복잡해지자 가부좌를 틀고 명상에 들어갔다.

　그러기를 얼마나 지났을까?

　효광의 수발을 들기 위해 남았던 승려가 들어서며 말했다.

　"명공 사숙께서 오셨습니다!"

　"……!"

　효광은 감았던 눈을 떴다.

　"지금…… 명공이라고 하였느냐?"

　"예. 접니다, 장문사형."

　명공이 들어섰다. 일단 효광은 남루하기 짝이 없는 명공의 몰골에 먼저 놀랐다.

　"네가 왜 이곳에……."

　"급히 전할 말씀이 있어 곧장 이곳으로 왔습니다."

　"철혈가주가 대체 무슨 소리를 하였기에 사문으로 돌아가지 않고 이곳으로 왔단 말이냐?"

　"그게……."

명공은 연후의 뜻을 전했다.

설명을 들은 효광의 낯빛이 돌덩이처럼 딱딱하게 굳어졌다. 하지만 그것도 잠시, 이내 노기를 드러내며 언성을 높였다.

"보름 안에 용서를 구하러 가지 않으면 무력행사라도 하겠다는 것이냐!"

"제가 본 철혈가주는 그러고도 남을 사람이었습니다. 설사 그가 아니더라도 혈왕을 비롯한 주변 인물들이 가만히 있지 않을 듯하였습니다."

"아무리 팔대가문이라도 천 년에 걸쳐 이어져 온 강호의 불문율을 어겨 놓고 감히 이럴 순 없다! 참으로 천하에 둘도 없을 포악한 인물이로다!"

쾅!

분을 이기지 못한 효광이 탁자를 내리쳤다. 그러자 탁자가 맥없이 반쪽으로 쫙 갈라지며 찻잔이 떨어져 박살이 나 버렸다.

"아무래도 생각을 달리하셔야 할 것 같습니다."

"가서 머리를 조아리고 용서를 구하라는 말을 하고 싶은 것이냐!"

"사문의 명운이 걸린 일입니다. 만에 하나 이곳에서 우리가 원하는 쪽으로 결론이 나오지 않으면, 사문은……."

감정이 격해진 명공이 말을 다 잇지 못했다.

하지만 효광은 결코 물러설 생각이 없었다. 아무리 연후가 소문처럼 포악해도 천하인들이 지켜보는 가운데 소림을 공격하지는 못할 거라 여겼다.
"불가는 무림뿐만이 아니라 온 나라의 백성들이 평온을 얻기 위해 찾는 곳이다. 만약 북부무림이 무력을 행사한다면 천하인들의 지탄을 받게 될 터. 그것을 모를 리 없는 철혈가주이니 그냥 으름장을 놓는 것일 테지. 하니 더는 호들갑 떨지 말거라!"
"하지만……"
"그만하래도!"
"……!"
그때였다.
문이 열리고 무사 한 명이 들어섰다. 객당을 관리하는 무사였다.
그가 불쑥 들어서자 승려가 호통을 쳤다.
"무슨 일인가!"
"소란을 듣고 올라왔습니다."
"아무 일도 아니니 그만 돌아가게. 그리고 다시는 함부로 불쑥불쑥 들어서지도 말게!"
"저건 왜 저렇게 되었습니까?"
무사가 두 쪽이 난 탁자를 가리키며 물었다. 승려는 순간 말문이 막혔다.

"……."

무사가 말을 이었다.

"탁자를 부수셨으니 떠나실 때 배상하고 가셔야 합니다. 비용은 은자로 열두 냥입니다."

"탁자 하나가 그렇게 비싸단 말인가!"

"저게 저래 뵈도 해동에서 건너온 탁자입니다. 어? 찻잔도 깨졌군요."

"……."

"은자 한 냥을 추가하겠습니다."

4장
동방리의 미소

동방리의 미소

다음 날.

효광은 출석 통보를 받고 집법원으로 향했다.

어쩌다 보니 현진, 서백과 나란히 가게 되었다. 양측은 서로를 향해 인사조차 건네지 않았다.

그런데 보이지 않던 사람들이 있었다. 바로 조영과 청룡사의 승려 한 명이었다.

그들은 증언을 위해 함께 왔지만, 어제까지 저잣거리의 객잔에서 머물다가 오늘에서야 백야벌로 들어선 것이다.

효광을 바라보는 청룡사의 승려의 눈빛에는 한이 서려 있었다.

효광은 애써 무시하고 먼저 집법원으로 들어섰다. 집법원의 분위기는 엄준함을 넘어 싸늘하기조차 했다. 효광은 위축되지 않기 위해 공력을 이용해 몸속을 따뜻하게 만든 다음 정해진 자리에 앉았다.

비록 속은 그러했지만 효광의 겉모습은 고승의 풍모를 한껏 풍겼다.

잠시 후 여태량이 들어섰다. 그는 일사천리로 진행을 이어 갔다.

"소림의 탄원은 이미 확인을 하였으니 철혈가의 의견을 들어 보도록 하겠소. 어느 분이 말씀하겠소?"

"소승이 하겠습니다."

청룡사의 승려가 일어섰다.

그는 자신의 신분을 밝히고 곧장 증언에 들어갔다. 그다음은 조영의 차례였다.

둘의 증언이 이어지는 동안 여태량의 표정을 살피던 효광은 진한 불안감에 휩싸였다. 여태량이 연신 고개를 끄덕이며 수긍하는 태도를 보인 것이다.

잠시 후 증언이 끝나고 여태량이 말했다.

"양측의 말을 들어 본 결과, 본 집법원은 소림이 북부의 권역을 침범하여 폭력을 행사하고 살인까지 저지른 것이 명백한 것 같소이다."

"……!"

효광에게는 청천벽력보다도 더한 충격이었다.

"불가 내부의 다툼이었을 뿐입니다. 한데 어찌……."

"불가의 다툼은 맞으나 그 전에 청룡사가 철혈가주에게 도움을 청했고, 그에 철혈가주는 무사를 남겨 다툼을 막고자 했소. 또한 무사가 청룡사를 침범한 소림의 무승들에게 철혈가주의 뜻을 사전에 전했음에도 물러서지 않고 오히려 살인까지 저지르는 만행을 저질렀소. 혹시 장문인은 이에 대한 보고를 받으셨소?"

"……."

"보고를 받고도 탄원을 했다면 무고에 해당됨을 알아야 할 것이오."

효광은 머릿속이 하얗게 변했다.

"다만 현장에 있었던 무승들의 증언도 들어 봐야 할 터. 이에 본 집번원은 그들이 있는 철혈가로 감찰관을 보내어 증언을 들은 이후에 최종 판결을 내릴 것을 결정하는 바이오."

땅땅땅!

"다음 재판은 두 달 후에 재개할 것이니 양측은 유념해 주기 바라오."

현진이 정중하게 말했다.

"본 가는 집법원의 판결을 존중하고 따르겠습니다."

모두가 효광을 응시했다.

경악과 안도가 교차하던 효광은 불현듯 명공의 말을 떠올리고는 여태량을 향해 말했다.

"철혈가 측에서 보름 안에 소승이 직접 찾아와 용서를 구하지 않으면 무력을 행사하겠다는 경고를 해 왔습니다. 그 기한이 얼마 남지 않았으니 부디 중재를 요청하는 바입니다."

여태량이 현진에게 물었다.

"사실이오?"

"보름 안에 찾아와 용서를 구하라는 말씀은 있었지만 무력행사는 소림사 측의 지나친 비약인 것 같습니다. 외람된 말씀이지만 소림사가 경고를 하면서까지 상대해야 할 위치는 아닌 듯합니다. 저희 주군을 아신다면 누구라도 저의 말에 공감하실 것이라 믿습니다."

여태량을 비롯한 판관들이 모두 고개를 끄덕이며 수긍했다. 그들의 눈에도 소림사는 그렇게 대단한 곳이 아니었다.

여태량이 부드럽게 말했다.

"그래도 혹시 모르니 가주께 부디 자비를 베풀어 달라는 이 몸의 부탁을 전해 주시겠소?"

"알겠습니다."

땅땅땅!

"퇴정하시오."

재판은 이렇게 막을 내렸다.

'결국 가재는 게 편이라 이건가?'

효광은 치미는 부아를 억누르며 판정을 나섰다.

그때 여태량이 그를 불렀다.

"장문인."

효광이 돌아서자 여태량이 넌지시 물었다.

"소림사의 주도하에 무림맹이라는 단체를 출범시키기로 하였소?"

"……그렇습니다."

"알겠소. 그럼 두 달 후에 보십시다."

여태량이 뒤쪽으로 사라지자 효광은 알 수 없는 찝찝함에 쉽사리 자리를 뜨지 못했다.

그런 그의 앞으로 현진을 비롯한 모두가 지나갔다. 다들 말없이 지나갔지만 청룡사의 승려는 가만히 있지 않았다.

"천벌이 두렵지도 않습니까!"

"무엄하구나, 이놈!"

"에이, 에이. 말해 봤자 통할 양반이 아니니 그냥 갑시다."

조영이 승려의 팔을 잡아끌며 히죽 웃었다.

"이제 며칠 남지도 않았는데, 나 같으면 우리 주군가로 죽어라 달려갈 것 같은데 말이오."

"방금 집법원주의 말씀을 잊었는가!"

"잊을 리가 있겠소. 그런데 우리가 내려가면서 여기저

기 유람을 좀 할 계획이라서 말이오. 유람을 하다 보면 주군께서 경고하신 보름 안에 돌아가기가 힘들 것 같은데……. 그러니 당신이 직접 주군을 찾아뵙고 집법원주가 자비를 베풀라 했다고 말씀을 드리는 게 가장 확실할 것 같은데 말이오."

"……!"

"우리 모친께서 독실한 불자라서 특별히 말해 주는 것이니 알아서 잘 판단하기 바라겠소. 그럼 이만."

바르르…….

효광의 얼굴이 경련을 일으켰다.

* * *

철혈가.

연후는 한 장의 보고서를 읽으며 미간을 좁혔다.

"확실히 이상한 작자였군."

"소림의 장문인 말인가?"

"그래."

연후는 신휘에게 보고서를 건네고 찻잔을 들었다.

보고서를 확인하는 신휘도 기가 찬다는 표정을 지었다. 보고서에는 소림사의 장문인 효광에 대한 내용이 적혀 있었다.

"몇 년간에 걸쳐 서장을 다녀온 이후로 사람이 바뀌었다? 확실히 수상한 구석이 있군. 서장의 불문과 교류를 했다면 보나 마나 뇌음사겠지. 거기가 서장에서는 최고로 쳐주는 곳이니까."

탁!

신휘가 보고서를 내려놓으며 물었다.

"서장무림에게 무슨 영향을 받은 것일까?"

"그럴 가능성도 배제할 순 없겠지."

연후는 찻잔을 내려놓고 창가로 향했다. 신휘가 그의 뒷모습을 응시하며 다른 것을 물었다.

"소림을 어떻게 할 생각이지? 진짜 칠 생각이면 지금이라도 병력을 보내야 할 것 같은데 말이야."

"소림을 칠 순 없다. 무림을 차치하더라도 그곳은 평범한 백성들에게도 매우 특별한 곳이니까."

"엄포만 놓은 건가?"

"그렇다고 그냥 넘어갈 생각은 추호도 없다. 변질이 되었다면 더 곪아 터지기 전에 도려낼 것은 도려내야지. 성가신 일이 없게끔 하려면 말이야."

연후는 신휘를 돌아보며 말을 이었다.

"천하의 혈왕이 좀 나서 줘야겠는데."

피식.

"천하라는 말은 좀 빼자. 낯 뜨거우니까. 그럼 내가 가서 뭘 어떻게 하면 되지?"

"한 번만 더 북부의 뜻에 반하면 어떻게 되는지만 주지시켜 주고 오도록 해. 살상은 최대한 자제하고."

"혹시…… 출범할 수도 있는 무림맹에 대한 사전 경고의 의미인가?"

"제대로 봤군."

"그럴 줄 알았다. 난 자네가 한낱 소림 때문에 이렇게까지 신경을 쓸 거라고는 처음부터 생각하지 않았거든. 후후후."

신휘가 일어섰다.

"경고한 날짜까지 며칠 남지 않았으니 어기지 않으려면 오늘 당장 출병을 해야겠어. 그럼 다녀와서 보자고."

신휘가 밖으로 나갔다.

연후는 창밖으로 시선을 돌렸다.

하루가 다르게 발전을 거듭해 온 철혈가의 전경이 새로울 것도 없건만 볼 때마다 가슴이 뛰는 것을 느꼈다.

'머지않아 북부무림이 아니라 북천이라 불리게 될 날이 올 것이다.'

가슴 깊이 묻어 놓았던 야망을 되새길 때였다.

저만치 앞에서 육손이 뛰어오는 것이 보였다. 신나게 뛰어오는 것을 보니 좋은 일이 생긴 모양이었다.

잠시 후 육손이 연후를 올려다보며 활짝 웃었다.

"영단을 완성했습니다, 주군!"

* * *

동방리의 거처는 항상 그러하듯 약 냄새가 진동했다.
 엄중한 부상자들은 대부분이 그녀가 치료를 맡고 있었기에 하루에 달이는 탕약이 일백 근을 넘어갔다. 오늘도 동방리는 후덥지근한 공간에서 직접 탕약을 달이느라 여념이 없었다.
"거기 불 좀 약하게 해 줄래?"
"예!"
"다 달인 것들은 탕기에 담아 식혀 주고."
"예, 가주님."
그곳에는 주작전주 차소령도 있었다.
 동방리에 깊은 감사의 마음을 갖고 있는 그녀는 틈이 날 때마다 이곳에 와서 손을 거들곤 했다.
"중요한 과정은 다 끝난 것 같으니 좀 쉬세요. 나머지는 저희들이 할게요."
"괜찮아요. 저는 약을 달일 때가 가장 행복해요. 이 약으로 아픈 사람들이 나을 것을 생각하면 힘든 것도 모르겠거든요."
"그래도 쉴 때는 좀 쉬어야지 않겠소."

뒤에서 들려온 연후의 목소리에 동방리와 차소령이 일어섰다.

"어서 오세요."

"어서 오십시오, 주군."

연후는 안으로 들어서며 곳곳을 둘러보았다. 곳곳에 피워 놓은 불로 인해 실내는 한여름을 방불케 했다.

"여긴 어쩐 일이세요?"

"잠시 같이 좀 갑시다."

"무슨 일로……."

"가 보면 알 거요."

"다녀오세요, 가주님."

"그럼 다녀올 때까지 부탁할게요."

차소령은 연후와 함께 나서는 동방리의 뒷모습을 응시하며 옅은 미소를 머금었다.

'잘 어울리셔.'

 * * *

"이걸…… 제가요?"

"가주를 위해 만들었으니 당연히 가주가 복용을 해야지 않겠소."

"저보다는 주군이 드셔야죠."

"내게 일 갑자 정도의 공력 보강은 의미가 없소. 하니 어서 복용하고 돌아앉으시오."

"……."

동방리는 선뜻 영단을 취하지 못했다.

"당신이 강해지면 당신을 호위하는 사람들도 그만큼 자유롭게 움직일 수 있는 여력이 늘어나는 것이니 미안해할 거 없소."

꼬옥.

"고마워요."

동방리는 눈시울을 붉힌 채로 영단을 입안에 털어 넣었다.

연후는 두 손을 그녀의 명문혈에 갖다 대고 진기를 불어넣으며 영단이 공력으로 전환되는 것을 도왔다.

"단전이 뜨거워도 참아야 하오."

동방리는 입술을 질끈 깨물며 고개를 끄덕였다. 여기서부터가 중요했다. 연후가 어떻게 공력의 흐름을 조절해 주느냐에 따라 일 갑자가 늘어날 수도, 그 이상이 늘어날 수도 있었다.

주르륵.

동방리의 얼굴이 금방 땀으로 흥건해졌다.

얼굴도 붉어졌다 하얘졌다를 반복했다.

그러기를 일각쯤 지났을까?

동방리의 미소 〈179〉

동방리는 뜨겁게 달아오르던 단전이 한순간 청량한 기운이 도는 것을 느꼈다. 뒤이어 단전에서 지금껏 느끼지 못했던 변화가 일어나더니 쾅 하는 충격과 함께 의식을 잃었다.

* * *

조금 전 육손이 말했다.
"일 갑자보다 조금 더 효과를 볼 수 있게끔 손을 봐 두었는데 과연 효과가 있을지 의문입니다."
"제대로 흡수되면 최대 이 갑자까지 가능할 수도 있다는 말이냐?"
"이 갑자까지는 무리일 것 같습니다. 하지만 설사 제 비법이 통하지 않더라도 최소 일 갑자는 보장할 수 있습니다. 다만……."
"부작용이 있을 수도 있는 건가?"
"그게 아니라…… 이 정도 효능을 가진 영단은 앞으로도 몇 개 더 만들기가 어려울 것 같습니다. 물론 삼십 년 정도의 공력 증가가 가능한 영단은 대량 생산이 가능합니다."
"됐어. 그 정도면 충분하다. 어쨌든 수고했다."
"옙!"
연후는 육손과의 대화를 떠올리며 아이처럼 잠을 자고

있는 동방리를 내려다봤다.

 더 강해지고 싶어요. 그래서 주군을 도와 드리고 싶어요. 아니면 미안해서 견딜 수가 없을 것 같아요.

　동방리의 간절한 목소리가 귓가에 맴돌았다.
　'누구보다 큰 도움이 되어 주었소.'
　연후는 동방리의 손을 지그시 잡았다. 따뜻한 온기가 손바닥을 통해 몸속으로 흘러들었다.
　연후는 순간 흠칫하며 손을 놓았다.
　'정신 차려라, 연후.'
　연후는 이불을 끌어다 가슴까지 덮어 주고는 밖으로 나섰다.
　그가 나간 직후 동방리가 눈을 떴다. 가늘게 흔들리는 눈동자에 놀람의 빛이 내려앉아 있었다.
　하지만 이내 동방리는 흐릿한 미소를 머금으며 다시 눈을 감았다.
　'고마워요.'

* * *

　쿵, 쿵…….

은은한 진동이 밤의 정적을 깨트렸다.

연후는 창문을 열고 밖을 내다봤다. 진동의 근원지는 동방리의 거처가 있는 쪽이었다.

'뭐지?'

연후는 겉옷을 걸치고 창문을 통해 뛰어내렸다.

그때 저만치 앞에서 육손이 뛰어왔다.

"소리 때문에 나오신 겁니까?"

"무슨 일이냐?"

"동방가주께서 수련 중이십니다. 저 거처와 가까워서 나가 봤는데…… 위력이 어마어마합니다."

"……"

"거의 무아지경에 빠져 계시니 가시지 않는 게 좋을 것 같습니다."

하긴 무아지경에 빠지지 않았다면 이 야밤에 저렇게까지 수련을 할 동방리는 아니었다.

"네 비법이 효과를 본 모양이군."

"그것보다 더 늘어난 것 같기도 한데 말입니다. 혹시…… 주군께서 더 보태 주신 거 아닙니까? 아니면 아무리 영단이 최대치로 효과를 보였다고 해도 저런 위력을 보일 순 없습니다."

연후는 대답을 하지 않았다.

"소음 때문에 잠이 깬 것이냐?"

"예. 바로 옆이니까요."
"그럼 술 한잔할까?"
"지금요?"
"좋잖아. 달빛도 아름답고."
"알겠습니다. 하면 간단한 안줏거리라도 가져올 테니 거처에서 기다리십시오."

연후는 부리나케 뛰어가는 육손의 뒷모습을 응시하다가 다시 시선을 동방리의 거처로 돌렸다.

쿵, 쿵!

동방리의 거처 주변으로 사람들이 몰려나왔다.

한밤중의 소란에도 연후는 웃었다.

'아름다운 밤이군.'

연후는 거처로 발길을 돌렸다.

그때 철우와 백무영, 악소가 허공에서 떨어져 내렸다. 악소가 물었다.

"무슨 일입니까?"
"별일 아니다. 그나저나 술 마시고 있었나?"
"예. 모처럼 돌아와서 한잔하고 있었습니다."
"그럼 내 거처로 가지."
"한데 이 소리는 뭡니까?"
"들어가서 말해 주마."
"……."

　　　　　　　＊　＊　＊

　효광은 쉬지 않고 달리고 또 달렸다. 조영의 한마디가 그의 불안감을 부추겨 놓은 까닭에 지금 그는 철혈가를 향해 달리는 중이었다.
　조영의 말처럼 집법원의 중재 요청을 제때 듣지 못한 연후가 병력을 움직이기라도 하는 날에는 그야말로 천추의 한을 남길 수도 있었다.
　'철혈가에서 사문까지 닷새가량이 걸린다. 하면 벌써 병력이 떠났을 수도 있다.'
　효광은 점점 더 초조해졌다. 그리고 그 초조함은 그로 하여금 한계를 뛰어넘게 만들었다.
　그렇게 나흘가량을 달렸을까?
　효광은 치미는 구역질을 참지 못하고 며칠 전에 먹었던 것까지 죄다 게워 냈다.
　그런 그의 곁에는 명공만이 남아 있었다. 다른 승려들은 속도를 감당하지 못하고 뒤처진 것이다. 명공도 거의 숨이 넘어갈 지경이었다.
　"이제…… 저 산만 넘어가면 철혈가입니다. 하니 조금만 쉬었다가 가시지요. 헉헉헉!"
　"일각이다. 그 후에 기어서라도 가야 한다."

"……예."

마침 근처에 자그마한 강줄기가 있었고, 둘은 그곳에 머리를 처박고 갈증을 해소했다.

그 와중에도 효광은 체면 때문에 드러눕지도 않고 꼿꼿함을 유지했다. 그에 반해 명공은 풀밭에 드러누워 연신 거친 숨을 토했다.

효광은 그런 명공을 응시하며 숨을 골랐다.

'내 어쩌다가 이런 봉변을…….'

그러다가 청룡사의 주지를 떠올리고는 치미는 분을 삭이지 못하고 주먹으로 땅을 후려쳤다.

퍽!

'그 작자만 순순히 응했더라면 이런 일도 일어나지 않았을 것을…….'

또한 명화에 대한 원망도 컸다.

무슨 일이 있어도 살생만큼은 안 된다고 신신당부를 하였는데 기어코 청룡사의 주지를 죽이고 말았다. 발단은 자신의 명령이었지만 일을 키운 것은 결국 명화라고 볼 수 있었다.

휘이잉!

바람이 둘의 달궈진 육신을 식혀 주었다.

지칠 대로 지친 둘에게 일각은 짧아도 너무 짧은 시간이었다. 하지만 효광은 일어서야 했다.

"서두르자꾸나."
"……예."

　　　　　* * *

"크으으……."
철혈가의 뇌옥.
철우에게 팔 하나를 잘린 명화가 고통에 신음하고 있었다. 그를 지켜보는 무승들은 마땅히 도울 방법이 없어 발만 동동 굴렀다.
"잔혹한 자들. 약이라도 넣어 주면 저렇게 고생은 하지 않으실 텐데……."
"쉿. 그러다 누구 들으면 어쩌려고."
그 말에 무승들은 철창 밖을 응시하며 입을 다물었다.
그때였다.
끼이이…….
철창을 열고 무사 두 명이 들어왔다. 둘 다 바구니를 들고 있었는데, 그 안에 먹을 것과 물병이 담겨 있었다.
무승 하나가 용기를 내어 말했다.
"저…… 진통할 만한 약이라도 좀 넣어 주시면 안 되겠는지요."
무사는 명화를 힐끗 쳐다보고는 무뚝뚝하게 대꾸했다.

"윗분의 허락 없이는 불가하오."

"약을 주지 말라 했단 말이오?"

"죽음을 내리지 않은 것을 감지덕지해야 할 판에 약은 무슨. 아파도 참으라고 하시오."

무사들이 나가 버리자 무승들은 한숨을 푹 내쉬었다.

한 무승이 먹을 것을 작은 그릇에 옮겨 명화에게 다가갔다.

"어서 드십시오."

"……괜찮으니 너희들이나 먹어라."

"이럴 때일수록 잘 드셔야 합니다."

"괜찮대도!"

악에 받친 명화의 고함에 무승은 제자리로 돌아가 앉았다.

눈치를 보던 다른 무승들이 하나둘 음식을 먹기 시작할 때였다. 한 무승이 주먹으로 벽을 치며 분통을 터뜨렸다.

퍽!

"처음부터 해선 안 될 짓이었습니다! 아무리 파문을 당한 사람이라도 한때는 같은 불가의 제자였는데 살생이라니요!"

"조용히 못해!"

다른 무승이 명화의 눈치를 살피며 황급히 제지했지만 무승은 아랑곳하지 않았다.

"소림의 제자라는 것이 지금만큼 부끄러웠던 적은 없었습니다! 사형들은 그렇지 않습니까!"

"……."

평소의 명화였다면 당장에 호통을 쳐도 몇 번은 쳤겠지만 어쩐 일인지 묵묵부답이었다. 단순히 통증 때문만은 아닌 것 같았다.

"철혈가의 무사가 경고를 했음에도 그것을 무시했으니 철혈가가 불문율을 어겼다고 볼 수도 없습니다. 만에 하나 백야벌이 철혈가의 손을 들어 준다면, 사문은……."

무승이 말을 하다가 감정에 북받쳤는지 눈시울을 붉히며 입술을 꽉 깨물었다.

"하아……."

"후우……."

무승들이 짙은 한숨을 내쉬었다.

사실 모두가 그 점을 걱정하고 있었다. 강호에 소문으로 떠도는 연후의 성정은 충분히 그러고도 남을 존재였다.

"그만하거라."

"이게 다……."

"그만하래도!"

명화가 버럭 소리를 지르자 무승은 그를 노려보며 입을 다물었다.

그때였다.

끼이이…….

다시 철문이 열리는 소리에 이어 무사 하나가 들어섰다. 그가 명화를 향해 말했다.

"잠시 같이 가야겠소."

"나…… 말이오?"

"당신들 장문인이 왔소."

"……!"

　　　　　　* * *

연후는 무심한 눈으로 남루하기 짝이 없는 효광을 직시했다.

효광이 그를 향해 합장하며 머리를 숙였다.

"아미타불. 소승 효광이 가주를 뵙습니다."

"그쪽이 소림의 장문인이오?"

"그렇습니다."

"반갑소. 이연후요."

효광은 숨이 턱턱 막히는 기분이었다.

전신에 흐르는 위압감은 형언이 불가할 정도였고, 저 무심하기 짝이 없는 눈빛은 감히 마주 볼 엄두조차 나지 않았다.

―철혈가주는 그러고도 남을 사람이었습니다.

 명공의 목소리가 머릿속에서 다시 떠올랐다.
 '이 정도였다니……'
 천하에 떠도는 연후에 대한 소문 대부분이 과장된 것이라 믿었던 효광이었다.
 서북무림을 병합하고 황하수련을 궤멸 직전까지 몰고 간 것은 틀림없는 사실일지라도, 연후 개인의 능력은 부풀려진 것이라 여겼었다.
 "장문인."
 "예, 가주."
 "잘못을 인정하시오?"
 "……본 문의 제자들이 상황을 오판하여 해선 안 될 무례를 범했습니다. 부디 너그러이 용서해 주시면 다시는 이런 일이 없도록 조치하겠습니다."
 "제자들의 잘못이란 말이오?"
 "소승도 일이 이렇게 된 것이 그저 당혹스러울 따름입니다."
 연후는 잠시 말을 끊고 효광을 직시했다. 효광은 숙인 고개를 들지 못한 채 바닥만 쳐다볼 뿐이었다.
 그때였다. 문이 열리고 누군가 안으로 들어왔다.
 효광은 살짝 시선을 돌려 들어서는 자를 응시하다가 눈

빛을 떨었다.

 한쪽 팔이 사라진 참혹한 몰골의 명화가 들어선 것이다.

 서로의 시선이 허공을 격하고 얽혀들었다. 하지만 명화가 앞으로 나서면서 효광은 그의 얼굴을 볼 수가 없었다.

 연후는 명화를 직시하며 물었다.

 "장문인은 너희들이 뜻을 잘못 이해하고 벌인 짓이라 했다. 사실이냐?"

 "……사실입니다. 장문인께서는 아무도 해치지 말라 하셨는데, 소승이 감정을 다스리지 못해 벌어진 일입니다."

 이미 명화는 몇 번에 걸쳐 이와 같은 말을 했었다. 효광에 대한 충성심이 남달랐던 그였기에 죽음마저 각오하고 있었다.

 연후는 효광을 슬쩍 쳐다봤다. 그러고는 미간을 좁혔다.

 안도하는 효광을 본 것이다.

 '안타까워하는 것이 아니라 안도를 한다?'

 어이가 없었다. 한편으로는 효광이 확실히 소림사를 이끌어 갈 수장으로서의 자격이 없음을 확인할 수 있었다.

 하물며 저런 효광이 무림맹의 수장이 될 순 없는 노릇이었다.

"장문인."

"예, 가주."

"이자는 신성한 경내에서 살인을 저질렀소. 하지만 그것보다 더 중한 것은 본인의 뜻을 전했음에도 그러한 짓을 저질렀다는 것이오. 이는 참수를 면치 못할 중죄이며 본인은 마땅히 이 자리에서 형을 집행할 것이오."

"……!"

"이의 있소?"

"……없습니다."

'어이가 없군.'

연후는 기가 막혔다. 빈말이라도 한 번 정도는 더 용서를 빌었어야지 않을까?

그때 명화의 눈빛이 세차게 흔들렸다.

효광의 뒤에 서 있던 명공도 마찬가지였다. 명공은 명화의 죽음을 아무렇지 않게 받아들이는 효광의 태도에 놀람을 넘어 실망을 금치 못했다.

그때였다.

"보고 있자니 역겨워서 봐 줄 수가 없네."

혜몽이 대전으로 들어섰다. 그는 경멸 가득한 눈으로 효광을 노려보며 걸어 들어왔다.

"당신 때문에 벌어진 일인데, 나 몰라라 하겠다는 그 태도…… 역시 당신답소. 쯧쯧쯧."

"……!"

효광은 얼굴만 실룩일 뿐 가만히 있었다.

결코 대전의 분위기에 압도되어서가 아니었다. 이유는 혜몽이 그보다 한 배분 높았기 때문이다.

그럼에도 효광이 장문인이 될 수 있었던 것은 여러 가지 이유가 있었지만, 혜몽 본인이 거부했기 때문에 가능했던 것이다.

그렇다면 혜몽이 효광보다 왜 훨씬 더 어릴까?

그것은 소림의 전전대 장문인이 뒤늦게 혜몽을 제자로 거둔 탓이었다.

"내가 제 발로 철혈가로 간다고 할 때 얼씨구나 했겠지. 제일 성가신 놈이 알아서 눈앞에서 사라져 준다니까 말이오."

"……말씀이 지나치십니다."

"지나치긴 개뿔."

혜몽은 연후를 응시했다.

"이자가 비록 마땅히 죽어야 할 죄를 지었으나, 사문의 명에 따른 것뿐이니 소승을 봐서 부디 자비를 베풀어 주십시오, 가주."

"물러서라, 혜몽."

"가주, 이 모든 것은 저 탐욕스러운 영감탱이 때문에 비롯된 것입니다. 허락하신다면 하던 일을 잠시 놓아두고 사문으로 돌아가 모든 것을 바로잡겠습니다. 하니 부디 자비를……."

처음이었다. 혜몽의 이처럼 진중한 모습은.

여기서 연후는 하나의 의문이 생겼다.

'소림의 승려들은 효광이 같은 불가의 제자까지 해친 이유가 고작 비동을 열기 위해서라는 것을 알기나 할까?'

소수를 제외한 대부분의 승려들이 그 사실을 모른다면 문제는 쉽게 해결될 수도 있으리라.

하지만 알고도 방관하는 것이면 얘기는 달라진다.

연후는 혜몽을 응시했다.

'파계승처럼 굴고 있지만 심기가 제대로 서 있는 녀석이다. 이 녀석이라면…….'

"혜몽은 본 가에 매우 큰 도움을 줬소. 그가 이처럼 간절히 바라니 잠시 생각할 시간을 가져야겠소. 내가 결정을 내릴 때까지 장문인을 비롯한 모두는 본 가에서 대기토록 하시오."

"……예."

"저들에게 머물 거처를 내주어라."

"존명!"

효광은 굳은 표정으로 무사들과 함께 대전을 빠져나갔다. 그로서는 당장 결정이 나지 않은 것이 한없이 찝찝했지만, 한편으로는 혜몽 덕분에 화를 모면할 수 있을지도 모른다는 희망을 가졌다.

혜몽은 그런 효광의 뒷모습을 응시하며 나지막이 한숨을 내쉬었다.

"하아……."

"소림의 모두가 저자를 진심으로 따르고 있나?"

"그럴 리가요. 수뇌부 몇 명을 제외하면 나머지 제자들은 그저 장문인이니 따를 뿐입니다."

"너는 왜 저자를 외면하는 거지?"

"딱 보면 답이 나오잖습니까. 저런 작자가 무슨 장문인을……. 지나가는 개한테 녹옥불장을 물리는 게 백번 나을 겁니다."

혜몽 특유의 걸쭉한 말투에 모두가 웃었다.

"장문인으로서 자격 미달이라면 너라도 나서서 말렸어야지 않나? 네가 소림을 포기하지 않았다면 말이다."

"……."

혜몽이 답을 못했다. 눈빛이 흔들리는 것을 보니 적잖이 충격을 받은 모양이었다.

"나는 너희 소림이 내가 가고자 하는 길에 걸림돌이 된다면 언제든 가차 없이 쓸어버릴 생각을 하고 있다. 불가니 불문율이니 하는 것 따윈 애초부터 염두에 두고 있지도 않아."

"열심히 영단을 만들 테니 한 번만 봐주시죠."

"하하하!"

"크크크!"

송영과 육손이 웃음을 터트렸다.

혜몽으로서는 매우 심각하게 말했는데 다른 이들의 눈에는 평소와 하나 다를 바가 없었던 것이다.

"웃지들 마셔. 나 지금 진짜 심각하니까."

"다시 묻겠다. 소림을 포기했나?"

"그럴 리가요. 단지 저 영감탱이와 주변 인간들이 꼴 보기 싫어서 이곳으로 왔을 뿐입니다."

"그럼 네가 원하는 소림은 어떤 곳이지?"

"생각해 본 적이 없는데…… 아! 뭐, 사부하고 가끔 이런 대화는 나눈 적이 있습니다. 우리 소림이 만인의 사랑을 받는 진실한 불문이 되었으면 좋겠다…… 하고 말입니다."

"지금도 그 생각에 변함이 없느냐?"

"제가 땡중처럼 굴어도 속은 누구보다 부처와 중생을 사랑하려고 애쓰는 사람입니다. 당연히 변함없습니다."

"그래?"

"한데 갑자기 그런 건 왜 묻습니까?"

"네가 진짜 땡중인지 확인해 보고 싶었다."

"예?"

"아니어서 다행이군. 알았으니 이만 돌아가도록 해."

"나 참, 뭐 중요한 말씀이라도 하실 것처럼 해 놓고 이게 뭡니까?"

투덜거리며 돌아서려던 혜몽이 갑자기 뭔가 생각이 났는지 홱 돌아서며 물었다.

"혹시…… 소실봉으로 병력을 보냈습니까?"

"혈왕이 가고 있다. 아마 지금쯤이면 거의 도착했을 했을 것 같은데……."

혜몽이 두 눈을 부릅떴다.

"그럼 정말…… 저희 소림을 박살 내려 했단 말입니까?"

"심각하게 고민 중이다."

"……!"

"네가 모르는 것이 있다. 지금은 그것을 논할 때가 아닌 것 같으니 오늘 밤 거처로 찾아오너라."

"지금 말씀해 주시면 안 됩니까?"

"안 돼."

"끙!"

* * *

혜몽은 저녁 식사를 마치기가 무섭게 연후의 거처를 찾았다.

문 앞에 철우가 서 있었다.

"너무 빨리 온 거 아니냐?"

"걱정 마세요. 오늘 해야 할 일은 다 마쳤으니까. 계십니까?"

"들어가 봐."

혜몽이 문을 열고 안으로 들어가자 연후가 그를 맞았다.

"거기 앉아."

혜몽은 살짝 긴장했다.

"영단은 잘되어 가고 있나?"

"삼십 년짜리는 거의 다 완성이 되었습니다."

"차 한잔해."

"예."

혜몽은 찻잔에 손을 가져가려다가 대뜸 물었다.

"무슨 일입니까?"

"성질머리 하고는."

"하루 종일 궁금해서 미칠 지경이었습니다."

연후는 차를 한 모금 마시고는 혜몽을 직시했다. 그가 말없이 쳐다보자 혜몽은 의아한 표정을 지었다.

"혹시 저와 관련된 일입니까?"

"소림의 일이다."

"그러니까 빨리 말씀을……."

"너희 장문인이 비동을 열려 한다는 거…… 혹시 너도 알고 있었나?"

"비동은 진즉에 열렸는데요?"
"그거 말고 하나 더 있잖아."
"……!"
혜몽이 표정을 싹 바꿨다.
"그걸 어떻게 아십니까?"
"그게 중요한 게 아니다. 지금 너희 장문인은 그곳을 열려 하고 있다. 청룡사 사건도 그것 때문에 벌어진 것이고."
연후는 사건의 내막을 간략하게 설명했다.
다 듣고 난 후의 혜몽은 믿을 수 없다는 표정으로 눈빛마저 심하게 떨었다.
"도대체 그 비동에 무엇이 있길래 그자는 그런 일까지 벌인 거지?"
"그 영감이 미쳐도 제대로 미친 모양입니다. 그곳은 달마조사께서 영원히 봉인하라 유훈까지 남긴 곳인데……."
충격 때문일까?
혜몽은 차가 아닌 냉수를 그릇째 들이켰다.
탁!
"정말 그것 때문에 청룡사의 주지를 죽인 겁니까?"
"청룡사의 주지가 죽기 전에 알려 줬다."
쫘악.
혜몽이 입술을 깨물었다. 치아가 파고든 입술이 파랗게

질리며 금방이라도 피를 쏟을 것처럼 팽팽하게 부풀어 올랐다.

"야망이 있는 줄은 알았지만 그래도 다 사문을 위한 것이라 여겼는데······."

연후는 충격의 여파에서 좀처럼 헤어나지 못하는 혜몽을 잠시 지켜봤다.

잠시 후 혜몽이 입을 열었다.

"죄송하지만 사문으로 돌아가야 할 것 같습니다."

"가서 어쩌려고."

"뭐라도 해 봐야 할 것 같습니다. 사실 사문에서 완전히 마음이 멀어졌다고 생각했는데······ 조금 전에 가주의 말씀을 들어 보니 그게 아니라는 것을 깨달았습니다."

"원하면 도와줄 수도 있다."

"아닙니다. 제힘으로, 아니 정신이 제대로 박힌 사람들끼리 힘을 합쳐 해결해 보겠습니다. 뭐, 안 된다 싶으면 그때 도움을 청할 테니 그때 도와주십시오."

연후는 혜몽에게서 단호한 결의를 느낄 수 있었다. 또한 그의 이러한 모습이 새삼 생경하게 다가왔다.

"너희 소림에 경고 하나 할까?"

"예?"

"비동을 열려는 목적이 힘을 얻기 위함이라면, 또한 그 힘으로 강호에서 뭘 어떻게 해 볼 목적이라면 나는 그냥 두고 볼 사람이 아니다."

"그럼요. 그래서 그걸 막기 위해 가겠다는 거 아닙니까. 솔직히 철혈가에 꽤 정이 들었는데, 철혈가에게 무너지는 사문을 지켜볼 용기는 없습니다. 그래서 뭐라고 해 보려는 겁니다."

"믿어 보지."

"감사합니다. 그럼 내일 해가 뜨는 대로 바로 떠나도록 하겠습니다. 그럼."

연후는 돌아서는 혜몽을 불렀다.

"땡중."

"예?"

"네가 장문인을 해 보는 건 어때?"

피식.

"너라면 충분히 잘 해낼 수 있을 것 같은데 말이야."

"농담이라도 그런 말씀 마십쇼. 그럼 이만 가 보겠습니다."

밖으로 나온 혜몽은 철우를 보며 히죽 웃었다.

"당분간 못 볼 것 같습니다."

"소림으로 간다고?"

"그걸 어떻게……."

"네 목소리가 좀 커야지."

히죽.

"뭐, 조만간 또 보겠지요. 그럼 수고하십셔."

철우는 혜몽의 뒷모습에 흐르는 진한 음울함을 느끼며 미간을 좁혔다.

그때였다.

"들어와 봐."

연후의 부름에 철우는 시선을 접고 돌아섰다.

"뇌검이 북부군단에 가 있다고 했나?"

"예."

"그럼 전서를 보내서 소림사로 가라 전해. 내가 따로 연락을 취할 때까지 소림사 근처에서 머물라고 하고."

"알겠습니다."

철우가 나가자 연후는 겉옷을 벗고 가부좌를 틀었다. 특별한 일이 없으면 하루에 한 시진 정도는 심법 수련을 빼먹지 않는 연후였다.

혈옥에서 얻은 심법을 보완해서 창안한 그것은 하면 할수록 공력이 조금씩 늘어나는 효능이 있었다.

'그녀에게 좀 덜어 주었으니 당분간은 죽어라 해야겠군.'

연후는 동방리를 떠올리며 눈을 감았다.

* * *

숭산 소실봉에서 반나절 거리에 위치한 도시.

그곳의 초입으로 오천의 군마가 들어다. 혈왕 신휘가 이끄는 혈왕군이었다.
 그들의 등장에 오가던 사람들이 놀라 도망치기 바빴고, 도시는 혼란에 휩싸였다. 하남성 북부는 중립 지대였기 때문에 지금껏 이처럼 많은 병력이 출현한 적은 없었던 까닭이다.
 선두에서 이동하던 신휘가 고개를 들어 도시를 바라봤다.
 소림사가 가까운 곳에 있어서 그런지 곳곳에 상당한 크기의 불상이 세워져 있었고, 오가는 사람들 중에는 승려들이 제법 많았다.
 "이곳에서 군영을 세운다."
 "예!"
 "누구든 내 허락 없이는 절대 도시로 들어가지 말도록."
 "똑똑히 일러두겠습니다."
 도시의 초입은 들판으로 되어 있어서 오천의 병력이 군영을 세우기에 부족함이 없었다.
 신휘는 혈왕군이 막사를 세우는 작업을 시작할 때, 신후를 비롯한 호위 몇 명과 함께 도시의 저잣거리로 향했다.
 "여기서 반나절 거리라고 했나?"

"도보로 그렇습니다. 말을 타고 달려가면 한 시진 정도도 채 걸리지 않을 겁니다."

"하면 곧 소림에도 소식이 들어가겠군."

"모르긴 해도 우리가 누군지 알면 오줌을 지릴 겁니다. 후후후."

신휘도 흐릿하게 웃었다.

잠시 후 저잣거리로 들어서자 사람들이 슬금슬금 피했다. 노점상을 하는 상인들도 곁눈질로 그들을 쳐다보며 잔뜩 몸을 움츠렸다.

"저곳이 좋겠습니다."

신우가 전방의 한 객잔을 가리켰다.

다른 곳에 비해 두 층이나 더 높은 상당한 규모의 객잔이었고, 지붕에는 황룡의 조각상이 떡하니 올려져 있었다.

신휘와 일행들은 객잔으로 들어갔다.

잠시 후 맨 위층에 자리를 잡은 신휘는 객잔 안을 천천히 둘러보았다. 그러다가 눈빛을 발한 것은 한 무리의 승려들이 앉아 있는 것을 보았을 때였다.

소림의 무승들이었다.

무승들은 신휘를 쳐다보다가 시선이 마주치자 슬며시 머리를 돌렸다.

그들은 아직 까맣게 모르고 있었다. 시선이 마주친 사

람이 혈왕이며, 그가 오천의 혈왕군을 이끌고 소림을 향한다는 것을.

그때 점소이가 다가왔다.

"주문하시겠습니까?"

신우가 물었다.

"여기 뭐가 맛있지?"

"야채볶음과 소면, 그리고 고기를 넣지 않은 탕국입니다. 아! 혹시 처음 오셨습니까?"

"처음인데?"

"그러셨군요. 미리 말씀드리자면 저희 객잔은 고기와 술을 팔지 않습니다."

신휘가 물었다.

"소림 때문인가?"

"그것도 그렇지만 저희 주인께서 독실한 불자이신 데다 이곳을 찾는 사람들 대부분도 독실한 불자들이라서 그렇습니다. 하면 주문하시겠습니까?"

"그걸로 가져와."

"예! 하면 잠시만 기다려 주십시오."

점소이가 물러가자 신우가 투덜거렸다.

"뭐야, 이거. 며칠 만에 고기와 술로 호강 좀 해 볼까 싶었더니…… 괜찮겠습니까? 아니면 다른 곳으로 갈까요?"

"됐어."

"……예."

신우는 술을 마시지 못하는 것이 못내 아쉬운 모양이었다.

신휘는 점소이가 먼저 두고 간 차를 한 모금 마시고는 조금 전의 무승들을 바라봤다.

"소림의 무승들인가?"

"그렇습니다만."

"잘됐군."

탁.

"다 먹고 소실봉으로 돌아가면 금일 이후, 별도의 허락이 떨어지기 전까지 누구도 소실봉을 떠날 수 없다고 전해 줘야겠다."

"……!"

"혈왕이 그러더라고 똑똑히 전해. 아! 하나 더."

신휘의 눈빛이 서늘하게 가라앉았다.

"어기면 알아서들 해."

5장
드러난 효광의 실체

드러난 효광의 실체

효광은 참담한 심정을 억누를 길이 없었다. 백야벌을 찾아갔을 때만 해도 모든 것이 자신이 원하는 대로 흘러갈 줄 알았다.

하지만 결과는 철혈가에 갇힌 신세나 다름없었다.

'그자부터가 이상했다.'

효광은 철군악을 떠올렸다.

처음에는 이상하다 생각지 못했었는데, 지금 와서 생각해 보면 철군악의 태도는 어딘가 이상했다.

결국 그의 반대로 대지존의 그림자조차 보지 못하게 되었으니, 모든 일이 그로부터 꼬이기 시작했다 해도 과언이 아니었다.

'내 꼴이 참으로 우습구나. 이 모든 것을 사문의 제자들

이 알게 된다면…….'
 장문인으로서의 위엄은 땅에 떨어지고 말 것이다.
 가뜩이나 장문인이 되는 과정에서 반목하는 이들이 적잖이 생겨났었는데, 이번 일이 그들에게 공격의 빌미를 줄 수도 있으리라.
 "차 드십시오."
 명공이 들어서면서 효광은 표정과 눈빛을 고쳤다.
 "명화는 다시 만나 봤느냐?"
 "출입 자체를 허락하지 않아서……."
 "고약한 작자들. 사람을 다치게 했으면 치료부터 제대로 해 줘야 할 것을……. 소문에 철혈가주의 포악함이 이만저만이 아니라더니 헛소문이 아니었구나."
 "……."
 "저잣거리로 아이를 한 명 보내서 사문에 무슨 일이 벌어지지 않았는지 확인부터 해 보거라."
 "외출 역시 금지되었습니다."
 "……뭐라?"
 명공이 한숨을 푹 내쉬며 말을 이었다.
 "하아…… 지금 저희는 철혈가주의 허락 없이는 이곳에서 한 발자국도 나서지 못하는 신세가 되었습니다."
 "이런 고약한……."
 소림의 수장답지 않게 화가 나면 참지를 못하는 효광이

주먹으로 탁자를 내리치려다가 멈칫했다.

동시에 명공이 효광을 말리려고 손을 뻗었다.

"차, 참으셔야 합니다."

바르르…….

꽉 쥔 효광의 두 주먹이 심하게 떨렸다.

그때였다. 승려 하나가 문을 열고 들어섰다. 낯빛이 잔뜩 굳어 있는 것을 보니 무슨 일이 벌어진 모양이었다.

"큰일 났습니다!"

"이놈! 무슨 일인데 감히 장문인 앞에서 호들갑을 떠는 것이냐!"

"해우소에 들렀다가 누군가 지나가면서 하는 말을 얼핏 들었는데…… 혈왕이 직접 혈왕군을 이끌고 사문으로 향했다고 합니다!"

"뭣이……!"

"그게 벌써 닷새가 지났다고 합니다!"

효광과 명공이 두 눈을 부릅떴다.

그들이라고 어찌 혈왕 신휘의 무서움을 모를까. 명공이 사색이 되어 부르짖었다.

"철혈가주가 용서하지 않을 모양입니다. 대체 이 일을 어찌한단 말입니까!"

꽈악.

효광의 누런 치아가 입술을 파고들었다.

"하면…… 생각을 해 보겠다는 것이 거짓말이었단 말인가! 두 세력의 주군이라는 자가 어찌 이리도 무도하단 말이냐!"

"지금 그게 문제가 아닙니다. 당장 철혈가주를 찾아가 무릎을 꿇고 용서라도 빌어야지 않겠습니까?"

"……!"

"사문이…… 사문이 멸문지화를 당할 위기에 처했습니다! 이 사태를 막을 수 있는 것은 장문인께서 용서를 비는 것뿐입니다!"

"이미 용서를 빌었지 않느냐!"

"또 빌어야지요! 두 번, 세 번, 아니 백 번이라도 빌어서 사문을 구할 수만 있다면 그렇게 하셔야 합니다!"

누구보다 효광을 충심으로 따랐던 명공이었다. 그런 그가 사문의 위기에 두 눈을 부릅뜨고 언성마저 높이고 있었다.

평소였다면 불호령이 떨어졌을 테지만 효광에게는 그럴 만한 정신이 없었다.

그때였다.

"들어가도 되겠소?"

밖에서 서늘한 목소리가 흘러들었다.

효광과 명공은 서로를 쳐다봤다.

효광이 심호흡을 하고는 일어섰다. 그러고는 직접 문을

열었다.
 그러자 철우가 안으로 들어섰다.
 "주군께서 찾으시오."
 "……알겠소."
 "따라오시오."
 효광은 철우를 따라 밖으로 나섰다. 얼마나 정신이 없었으면 한시도 손에서 놓은 적이 없는 염주까지 두고 나섰다.
 잠시 후 효광은 대전으로 들어섰다.
 연후가 자리에 앉아 그를 맞았다.
 "……부르심을 받고 찾아뵈었습니다."
 "지낼 만하시오?"
 "가주께서 물심양면으로 배려해 주신 덕분에 편히 지내고 있습니다."
 사무적인 대답을 하면서도 효광은 당장 무릎을 꿇고 빌어야 할까, 말까를 두고 갈등했다.
 "하나 물어볼 게 있소."
 "하문하십시오."
 "소문에 장문인이 곧 있으면 출범할 무림맹이라는 단체의 수장이 될 거라고 하던데…… 사실이오?"
 "아직 정해진 바가 없습니다. 다만 동도들이 소승을 추대하자는 의견이 지배적인 까닭에 그러한 소문이 돌고 있는 것 같습니다."

"장문인은 전혀 그럴 마음이 없는데 다른 문파에서 장문인을 추대한다는 말이오?"

"……그렇습니다."

차마 수장이 되고 싶다는 말을 할 수가 없었던 효광은 엉겁결에 그렇게 대답하고 말았다.

연후는 묵묵히 고개를 끄덕인 후에 다른 것을 물었다.

"혜몽이 장문인보다 배분이 높다고 들었는데…… 맞소?"

"소승이 한 배분 아래입니다."

"한데 어째서 혜몽이 장문인이 되지 않은 것이오?"

"본인이 극구 거부하였고, 또한 행실이 너무 방탕하여……."

효광이 말끝을 흐렸다.

연후는 그런 효광을 직시하며 말을 이었다.

"이상하게 생각하지는 마시오. 그냥 궁금해서 물어본 것이니까."

꽈악.

효광이 입술을 깨물었다. 뒤이어 연후를 올려다보며 물었다.

"혈왕이 혈왕군을 이끌고 사문으로 떠났다는 말을 들었습니다. 사실인지요?"

연후는 대답을 하지 않고 가만히 있었다.

그 잠깐의 침묵을 효광은 견디지 못했다.

쿵!

효광이 결국 무릎을 꿇었다.

"소승이 어찌하면 가주께서 노여움을 푸실지 깨우쳐 주십시오!"

'이 정도밖에 안 되는 자가 소림의 장문인이 되고, 무림맹의 맹주가 되려 했다니……'

연후는 한심하다 못해 가소로울 지경이었다.

하지만 결코 이 상황을 가볍게 볼 생각은 없었다. 효광이 훗날을 도모하기 위해 무릎을 꿇은 것일 수도 있었다.

삭초제근(削草際根).

풀이 자라면 더욱더 성가시게 되는 법. 연후는 이참에 뿌리까지 제거할 생각이었다.

"내 뜻을 거역했음을 인정하겠소?"

"……인정하겠습니다."

"그것이 북부에 대한 공격이라는 것 또한 인정하겠소?"

"그것 역시 인정하겠습니다."

연후의 입가에 싸늘한 미소가 떠올랐다가 사라졌다.

"소림의 승려들을 모두 데려오너라."

"예."

잠시 기다림의 시간이 이어졌다.

그동안에 효광은 알 수 없는 불길함에 눈빛을 떨었다. 죄를 인정하면 용서를 해 줄 줄 알았는데, 제자들은 왜 데려오라는 걸까?

잠시 후 명화를 비롯한 갇혀 있던 무승들이 대전으로 들어섰다. 명공과 다른 승려들도 마찬가지였다.

연후는 그들이 다 모인 가운데 한 번 더 물었다. 효광은 불길함 속에 인정하겠다고 말했다.

무승들이 동요했다.

특히 명화는 두 눈마저 부릅떴다. 아니라며 지금껏 버텨 왔는데 효광이 인정을 해 버릴 줄이야.

"장문인!"

명화가 소리쳤다.

하지만 철우가 어느새 검을 뽑아 그의 목을 겨누면서 더 이상 입을 열지는 못했다.

명공은 전신을 부들부들 떨었다.

그 역시도 뭔가 잘못되었다는 것을 직감한 것이다.

'설마······.'

"철우."

"예, 주군."

"저자를 끌고 가, 옥에 가둬라."

"존명."

효광이 두 눈을 부릅뜨며 벌떡 일어섰다.

"자, 잘못을 인정하면 용서해 준다고 하지 않았습니까!"

"소림은 용서하겠지만 당신은 책임을 져야지 않겠소? 그나마 소림의 장문인임을 감안하며 참수형은 내리지 않을 것이니 순순히 따르시오."

명공이 부르짖었다.

"옥에 얼마나 계셔야 합니까?!"

"이 역시 소림의 장문인임을 감안하여 십 년 형에 처하겠소."

"……!"

철우가 효광을 향해 다가갔다.

그때 효광이 철우를 향해 쌍장을 뻗었다. 철우는 자신을 향해 날아드는 핏빛 광채를 향해 일검을 날렸다.

쾅!

폭음과 함께 핏빛 광채가 갈기갈기 찢어지며 소멸되었다.

철우가 뒤로 물러섰다.

"헉! 저, 저럴 수가……."

"장문인께서 마기를……."

소림의 모두가 경악했다.

방금 효광의 전신에서 뿜어졌던 핏빛 광채의 근원이 마기임을 몰라본 사람은 아무도 없었다.

연후는 차갑게 웃었다.

'급하면 자신이 가장 믿는 것을 꺼내는 법이지.'

그는 천천히 일어나 대전으로 내려서며 말했다.

그 영감탱이가 서장에 몇 년간 수행을 다녀온 이후 사람이 변해도 너무 변했습니다.

'혹시나 했는데 뇌음사의 마공을 익혔다니…….'

사천성에서 마주쳤던 뇌음사의 마승들. 그들도 조금 전 효광과 같은 핏빛 광채를 일으키곤 했었다.

"부처를 모시는 불가의 제자가 마기를 지녔다니……. 하물며 소림의 장문인이 그러하다면 이를 어찌해야 할까?"

바르르…….

효광은 비로소 깨달았다. 모든 것이 연후의 농간이었다는 것을.

하지만 이미 엎질러진 물이었다.

마기를 드러냈으니 무슨 말로도 변명이 되지 않을 터였다. 사문의 제자들에게도.

"물러서라. 철우."

"예."

철우가 뒤로 물러섰다.

연후는 효광을 향해 다가가며 천천히 검을 뽑았다.

스르릉.

새롭게 탄생한 보검이 이전보다 더한 광채를 뿌리며 모습을 드러내었다.

"뇌음사의 마공을 익혔나?"

"……!"

"발뺌해도 소용없다. 사천성에서 뇌음사의 마승들과 지겹도록 싸워 본 나니까. 그때 놈들도 당신과 같은 마기를 원천으로 삼고 있더군."

부르르…….

"간악한 놈……."

화아악!

돌연 효광의 전신이 핏빛 광채로 뒤덮였다. 동시에 두 눈이 금방이라도 피가 뚝뚝 떨어질 것처럼 혈안으로 바뀌었다.

"헉!"

소림의 무승과 승려들이 다시 한번 경악했다.

명공은 아예 그 자리에 주저앉아 아연실색한 얼굴로 효광을 바라봤다.

그때였다.

쾅!

명화가 바닥을 차고 뛰어올라서는 연후를 향해 달려들

었다. 하지만 연후의 지척에 이르기도 전에 철우의 검이 그의 목을 날려 버렸다.

퍽!

털썩!

떼구르르…….

잘린 머리가 명공의 앞까지 굴러갔다.

연후는 무승들을 향해 싸늘히 물었다.

"모르고 따랐느냐?"

"정말…… 정말 몰랐습니다."

대답을 한 무승이 이내 굵은 눈물을 쏟아 냈다. 다른 무승들도 넋이 나간 얼굴로 그저 멍하니 서 있을 뿐이었다.

"하면 더는 나서지 말거라."

싸늘히 경고한 연후는 이미 한 덩어리 핏빛으로 화해 버린 효광을 향해 검을 겨눴다.

"뇌음사에 세뇌를 당한 건가? 아니면 그들과 손을 잡은 것이냐!"

"닥쳐라! 이노옴!"

피식.

"하긴 이유가 무엇이든 상관없지."

우우웅.

보검이 울기 시작했다.

"죽어야 할 죄가 하나 더 늘었으니 마땅히 죽일 수밖에."

쾅!

효광이 먼저 움직였다.

하지만 연후가 더 빨랐다. 그는 달려드는 효광을 향해 더 빠른 속도로 뛰쳐나가며 보검을 이용해 광마의 검을 펼쳤다.

비록 완벽하지 않은 광마의 검이라도 서문회까지 물리쳤던 그것을 효광이 감당할 순 없었다.

퍽!

잘린 머리가 천정까지 솟구쳐 올랐다가 바닥으로 떨어졌다. 머리를 잃은 육신은 한참이나 우두커니 섰다가 천천히 뒤로 넘어갔다.

쿵!

* * *

"소림의 장문인치고는 너무 약했던 것 같습니다."

철우의 그 말에 연후는 고개를 저었다.

"흥분하지 않았다면 그렇게 쉽게 당하지는 않았을 자였다."

"그랬군요."

"승려들은?"

"여전히 충격에서 벗어나지 못하고 있습니다. 장문인을 잃었다는 것보다는 자신들이 믿고 따랐던 장문인이 뇌음사의 마공을 익혔다는 사실에 더 충격을 받은 것 같습니다."

"그럴 테지."

연후는 묵묵히 고개를 끄덕이고는 찻잔을 입으로 가져갔다.

탁!

"혈왕에게 전서를 보내도록 해."

"철군합니까?"

"아니. 혜몽이 갔으니 그를 도우라고 전해."

"알겠습니다. 아, 무승들은 어쩝니까?"

"명공이라는 자만 남겨 놓고 모두 돌려보내도록 해."

"알겠습니다."

철우가 나가자 연후는 남은 차를 마저 비우고는 의자에 깊숙이 몸을 묻었다.

'성가신 가시 하나가 빠져나간 느낌이군.'

신경조차 쓰지 않았던 소림이었다.

하지만 무림맹이 출범을 앞뒀고, 그곳의 수장이 효광이 될 것이 유력했으며, 그러한 효광이 열어선 안 될 비동을 열려 한다는 것을 알았을 때부터 신경을 쓰지 않을 수가 없었다.

'비동에 무엇이 있기에 달마대사가 영원히 봉문을 했을까?'

그때였다.

"저예요."

동방리의 목소리였다.

"들어오시오."

동방리가 들어섰다. 그녀의 분위기는 불과 며칠 전과 확연히 바뀌어 있었다.

뭐랄까. 이전에는 그냥 아름답기만 한 꽃이었다면, 지금은 잔잔하게 가라앉은 아침의 호수와도 같은 느낌이랄까?

"좀 어떻소?"

"좋아요. 너무 좋아서 날아갈 것만 같아요."

착!

동방리가 쪼르르 다가와 연후의 맞은편에 앉더니 다른 말을 꺼냈다.

"이전에 주셨던 초식도 다 대성했어요. 공력이 늘어나니 막혔던 부분이 저절로 풀리네요. 그래서 드리는 말씀인데……."

"더 강한 초식을 배우고 싶소?"

"예!"

활짝 웃는 동방리를 보며 연후는 빙그레 웃었다.

"알겠소. 하면 현재 당신의 공력으로 가능한 초식을 몇 가지 더 알려 주겠소. 다만 당신이 익힐 수 있게끔 손을 봐야 하니 며칠만 기다려 주시오."

"그것만 익히면 이제부터 저도 마음 놓고 주군을 따라다녀도 되는 건가요?"

"아마 그럴 거요."

"고마워요!"

다시 한번 활짝 웃는 동방리가 만개한 꽃처럼 보였다. 연후는 살짝 흔들린 마음을 진정시키고는 물었다.

"의술 말인데…… 자질이 뛰어난 아이들을 골라 가르쳐 보는 건 어떻겠소?"

"안 그래도 저도 그런 생각을 하고 있었어요. 의술이라는 게 많은 사람이 익히면 익힐수록 도움이 될 테니까요."

"그럼 바로 시작하도록 합시다."

"예."

척.

동방리가 손을 뻗어 연후의 팔을 잡았다.

"우리 식사하러 가요."

"……알겠소."

* * *

며칠 후.

신휘의 손에 한 장의 전서가 쥐어졌다. 연후가 보낸 전서였다.

전서를 읽은 신휘가 웃었다.

"큰 파도는 지나갔지만 소림이 한바탕 풍운을 겪겠군."

"무슨 내용입니까?"

"읽어 봐."

신휘는 신우에게 전서를 건네고 찻잔을 들어 차를 마셨다.

전서를 확인한 신우가 혀를 내두르는 시늉을 했다.

"소림의 장문인이 뇌음사의 마공을 익히고 있었다니……. 주군께서는 그것을 알고 계셨던 걸까요?"

"의심은 하고 있었다. 다행히 놈이 스스로 드러냈을 뿐이지. 물론 놈이 드러내도록 함정을 팠겠지만. 후후후."

"신기하지 않습니까?"

"뭐가?"

"모든 것이 주군의 뜻대로 이루어지고 있지 않습니까. 이러다가 우리 북부가 천하를 통일하는 것은 아닌지 모르겠습니다."

"못할 것도 없지. 그 친구가 원한다면."

"형님도 그걸 원하십니까?"

"어떻게 보이느냐?"

"원하시죠. 그럼 저도 혈왕군도 돕겠습니다."

딱!

신우의 넉살에 신휘는 알밤을 한 대 쥐어박고는 숭산이 있는 곳을 바라봤다.

신우가 같은 곳을 바라보며 말했다.

"형님께서 경고를 한 이후, 한 명도 숭산을 내려오지 않았다고 합니다. 자식들이 겁을 먹어도 단단히 집어먹은 것 같습니다."

"운이 없었던 게지. 하필이면 그 친구와 엮이다니 말이야."

"그러게요."

그때였다.

"주군가에서 전서를 보내왔습니다."

"대원수, 소림의 승려가 찾아왔습니다."

"그렇게 부르지 말라고 했을 텐데?"

"저는 이게 좋은데……."

"다시 한번 그렇게 부르면 한 달 동안 뒷간 청소다?"

"옙!"

"데려와."

잠시 후 혈왕군이 소림의 승려와 함께 돌아왔다. 신휘가 미간을 좁혔다.

승려가 다름 아닌 혜몽이었던 것이다.

"죽어라 달려온 모양이군."

연후의 전서를 통해 혜몽이 이곳으로 올 것은 이미 알고 있었으나, 도착 시간이 예상보다 이틀이나 빨랐다.

혜몽은 신휘를 향해 합장을 하고는 다급히 물었다.

"별일 없었습니까?"

"너희 소림을 공격이라도 했을까 봐 걱정되었나?"

신휘의 태도로 별일 없었음을 깨달은 혜몽이 안도의 숨을 내쉬었다.

신휘가 말을 이었다.

"너희 장문인 말이야."

"장문인이…… 어떻게 되었습니까?"

"뇌음사의 마공을 익히고 있었던 모양이더군."

"……죽었습니까?"

신휘가 묵묵히 고개를 끄덕이자 혜몽은 탄식을 쏟아 내며 고개를 떨궜다. 잠시 침묵의 시간이 흐른 뒤에 혜몽이 고개를 들었다.

"언제 돌아가십니까?"

"그 친구가 이곳에 남아 너를 도우라고 하더군."

"……예?"

"그는 네가 소림을 제대로 이끌어 주기를 바라고 있다. 그럴 재목이라 인정하고 있고."

"……!"

"작금은 격변의 시기다. 또한 혼돈의 시대이기도 하지.

이럴 때 자리를 잘못 잡으면 그날로 멸문지화를 면치 못한다는 것을 명심하는 게 좋을 거야."

꽈악.

혜몽이 입술을 깨물었다.

"일단 사문으로 가 봐야겠습니다."

혜몽이 돌아섰다. 잠시 그 모습을 지켜보던 신휘가 그를 불러 세웠다.

"땡중."

혜몽이 돌아서자 신휘가 손가락으로 북쪽을 가리키며 씩 웃었다.

"실망시키지 않도록 해."

혜몽은 다시 돌아서서 숭산을 향했다. 그러다가 얼마 가지 못하고 멈춰 서야 했다.

한 무리의 백포인들이 유령처럼 그의 앞에 나타난 탓이었다. 그들은 혜몽을 힐끗 쳐다보고는 그를 지나쳐 혈왕군이 있는 곳으로 향했다.

뇌검과 그의 부대원들이었다.

혜몽이 다시 돌아서려 할 때였다.

"잠깐."

뇌검이 혜몽을 불러 세웠다. 혜몽이 돌아서자 뇌검이 물었다.

"소림의 승려시오?"

"그렇소만."

"혈왕께서 소림의 승려, 누구도 산문을 내려오지 말라는 엄명을 내렸다고 들었는데…… 당신은 어째서 밖에 나와 있는 것이오?"

"그쪽은 뉘시오?"

"철혈가에서 온 사람들이오."

"……!"

혜몽은 내심 놀랐다. 뇌검과 다른 이들의 분위기는 마치 벼른 칼날과도 같았다.

'혈왕군에 이런 고수들까지……. 도대체 무슨 생각을 하고 계신 걸까?'

연후의 의도가 궁금하면서도 불안했다. 가까이서 지켜본 연후는 한다고 하면 하는 사람이었다.

'정말 소림이 어긋난 길을 간다면 그냥 지켜볼 분이 아닌데…….'

"왜 대답을 않소?"

"소승은 철혈가에서 머물다가 이제 사문으로 돌아가는 길이오. 그리고 조금 전에 혈왕도 뵈었소."

"……."

뇌검이 고개를 한 차례 갸웃거리더니 고개를 끄덕이며 말을 이었다.

"소림에서 왔다는 괴짜 승려가 당신이었군."

혜몽이 철혈가로 왔을 때 뇌검도 그때 그곳에 있었다. 하지만 서로 얼굴을 제대로 본 적은 없었다.
그리고 얼마 후 뇌검이 작전 때문에 철혈가를 떠나면서 서로 마주칠 일이 없던 것이다.
"주군께서는 무탈하시오?"
"무탈하지 않으면 그게 더 이상한 분이 아니겠소."
피식.
"나중에 또 봅시다. 가자."
뇌검과 대원들이 바람처럼 사라지자 혜몽은 그 모습을 잠시 지켜보다가 멈췄던 발길을 다시 떼었다.

네가 해 보는 건 어때?

연후의 목소리가 귓속을 맴돌았다.
'내가 과연 할 수 있을까?'
번뇌의 시작이었다.

* * *

끝없이 펼쳐진 광활한 대평원의 서북쪽.
한때 제국을 건설했던 위대한 존재의 후예들이 살아가는 그곳은 여전히 찬바람이 휘몰아치고 있었다.

휘이잉!

바람은 강력한 흙먼지를 일으켰고, 흙먼지는 곧 세상을 집어삼켰다.

콰우우!

난폭한 먼지구름 속을 헤치며 남하하는 자들이 있었다. 저마다 팔 척을 훌쩍 넘어가는 장신에 머리에서 발끝까지 짐승의 가죽을 뒤집어썼고, 가죽 사이로 각양각색의 무기가 삐죽 튀어나와 있었다.

콰우우!

그들은 쉬지 않고 남하했다.

대평원의 주인, 청랑(靑狼)마저 집어삼킨 먼지구름도 그들의 발길을 붙잡아 두지 못했다.

그러기를 얼마나 남하했을까?

괴인들은 먼지구름 너머로 보이기 시작한 바위산으로 방향을 틀었다.

잠시 후 커다란 동굴을 발견한 괴인들은 그 안으로 들어가 가죽을 벗었다.

벽안(碧眼)에 창백한 피부는 색목인과 흡사했지만, 칠흑 같은 흑발과 평범한 콧날은 중원인과 색목인을 반반 섞어 놓은 것 같은 용모였다.

"여기서 밤을 보낸다."

"예. 하면 식사를 준비하겠습니다."

"불을 피우면 뒤를 쫓아오는 놈들에게 발각될 위험이 있으니 건량으로 해결한다."
"예."
괴인들은 곳곳에 자리를 잡고 휴식에 들어갔다. 그중 수장인 듯한 금발 거한이 허리춤에 차고 있던 가죽주머니를 끌러 입으로 가져갔다.
동굴 안이 순식간에 독한 주향으로 가득 찼다.
"한 모금씩 마셔라."
"감사합니다, 대장."
금발 거한은 소매로 입가를 닦으며 동굴 밖으로 시선을 던졌다. 그런 거한의 옆으로 한 청년이 다가왔다.
"드십시오."
금발 거한은 청년이 건넨 말린 고기를 입안에 털어 넣고 씹었다.
"과연 중원에 저희 부족이 살아갈 만한 곳이 있을까요?"
"북부는 우리가 살던 곳과 환경이 크게 다르지 않다고 들었다. 그곳이면 적당한 곳을 찾을 수 있겠지."
"그곳의 주군이 아주 포악한 자라고 들었는데……. 발각이 되면 과연 용인을 할지 걱정입니다."
"아직 일어나지도 않은 일을 두고 걱정하는 것만큼 어리석은 건 없다. 그리고 괜한 걱정으로 동료들 사기나 꺾지 말고 자리로 돌아가 잠이라도 자 두도록 해."

"……예."

청년이 자리로 돌아가자 금발 거한은 나지막이 숨을 토하고는 동굴 벽에 비스듬히 기댔다.

그런 그의 겨드랑이를 뚫고 검의 손잡이가 살짝 삐져나와 있었는데, 검파 끝 부분에 철인(鐵人)이라는 글씨가 음각되어 있었다.

거한은 먼지구름 너머로 어렴풋이 보이는 산악 지대를 응시하며 눈빛을 가라앉혔다.

'저곳을 넘어가면 북부무림의 영토인가?'

북부무림에서 터전을 찾되, 만에 하나라도 북부무림과 충돌이 빚어지면 싸우지 말고 피해야 한다. 우리 부족의 정체가 밝혀지면 중원무림의 주인인 백야벌이 결코 가만히 있지 않을 것이다.

족장의 걱정 어린 목소리가 귓속을 맴돌자 금발 거한은 한숨을 내쉬며 고개를 떨어뜨렸다.

무진아, 네게 우리 부족의 미래가 달려 있느니라.

'우리 철인족이 어쩌다가…….'

싸아아…….

갑자기 동굴 안에 냉기가 휘몰아쳤다.

휴식을 취하던 모두가 금발 거한을 주목했다. 냉기는 그의 몸에서 일어난 것이었다.

* * *

공동파는 오랫동안 정사지간(正邪之間)을 고수해 온 탓에 누구에게도 환영받지 못한 문파였다.

하지만 환영받지 못했다고 해서 괄시나 천대를 받은 것도 아니었다.

강력한 무력 덕분이었다.

공동파는 문도의 숫자가 일천을 겨우 넘는 수준이었지만, 검에 특화된 무공을 바탕으로 개개인의 무력이 워낙에 뛰어나 최근 구대문파의 한 곳으로 발돋움할 수 있었다.

그러한 공동파에 검가의 고수들의 난데없는 방문으로 풍운이 드리우기 시작했다.

권역을 벗어나려면 주군의 허락을 받아야 한다. 어기면 어떠한 처벌이 내려져도 모두 공동파의 책임이다. 최악의 경우, 봉문까지 각오해야 할 것이다.

공동파는 반발했다.

자신들의 터전이 남부무림과는 상관없는 지역에 위치했기 때문이다.

반발은 충돌을 불렀고, 충돌의 결과는 공동파의 참패로 막을 내렸다.

검가의 고수들은 강했다. 또한 잔혹했다.

한 시진에 걸친 전투로 공동파는 사백여 명의 사상자가 발생했고, 장문인과 장로 두 명이 사로잡히는 참담한 결과를 내고 말았다.

그마저도 장로 하나는 중상의 후유증을 극복하지 못하고 숨을 거뒀다.

결국 공동파는 채 피어나 보지도 못한 채 봉문을 선언하고 역사의 뒤안길로 사라지는 신세가 되고 말았다.

* * *

검가의 가주 북궁천의 앞으로 한 장의 서신이 당도했다. 서신은 공동파에서의 결과를 담고 있었다.

군사 백도량이 물었다.

"어떻게 되었습니까?"

"그들이 반발을 한 모양이오."

백도량은 북궁천이 건넨 서신을 확인하고는 슬며시 미

간을 좁혔다.
"그들이 반발을 할 거라고는 전혀 예상하지 못했는데……
결과를 놓고 보면 잘된 것 같습니다. 주군의 명을 전했음에
도 반발을 하고 나온 것을 보아, 이대로 세월이 몇 년만 더
흘렀더라면 매우 골치 아픈 세력이 되었을 것입니다."
"동감입니다."
"하면 철혈가주께 결과를 알려야지 않겠습니까?"
"군사께서 직접 전서를 작성해서 보내도록 하세요."
"알겠습니다."
북궁천은 흡족한 표정으로 차를 마셨다.
사실 얼마 전에 연후가 그에게 전서를 보내어 공동파의
예기를 한번 꺾어 줄 것을 요청했다.
물론 왜 그래야 하는지에 대한 이유도 적혀 있었다.
그에 북궁천은 바로 병력을 보냈고, 결과는 공동파의
봉문으로 이어졌다.
한 문파의 봉문은 실로 큰 사건이지만 구대문파가 차지
하는 비중이 워낙에 보잘것없었던 까닭에 작금의 강호로
보자면 그저 미약한 바람에 불과했다.
한편으로는 씁쓸한 기분도 들었다.
'아버님의 명이었어도 과연 반발을 했을까?'
반발은 꿈도 꾸지 못했을 것이라는 게 북궁천의 생각이
었고, 그것은 곧 자신의 권위와 위상이 아버지 북궁소에 비

하면 부족해도 한참이 부족하다는 씁쓸함으로 이어졌다.
"안색이 좋지 않으십니다, 주군."
"아직은 천하가 나를 인정하지 않는 모양입니다."
"어째서 그리 생각하십니까?"
"내가 아버님처럼 강력한 군주였다면 공동파가 감히 반발하지 못했을 테지요."
"이제부터 차근차근 쌓아 가시면 됩니다. 저를 비롯한 본 가의 무사들, 그리고 남부무림의 모두가 주군을 도울 것입니다."

북궁천은 다시 쓴웃음을 머금었다.

검가는 몰라도 남부무림 전체의 지지는 아직 요원했다. 여전히 많은 세력이 자신을 주군으로 받아들이지 않고 있었다.

바로 삼장로 때문이었다. 그들의 지지를 이끌어 내지 못하는 한, 자신은 반쪽짜리 주군이 될 수밖에 없었.

'무력 때문이라면…… 아버님을 능가할 만큼 강해지면 그뿐인 것. 어차피 시간은 나의 편이니 초조해하지 말자, 북궁천.'

씁쓸함의 이면에는 이러한 각오가 섞여 있었다. 그것을 알고 있었기에 군사 백도량도 크게 걱정하지는 않았다.

'철혈가주의 도움이 없이도 스스로 진정한 주군의 자리에 오르실 수 있으리라.'

백도량은 그렇게 확신하고 있었다.

탁.

북궁천이 찻잔을 내려놓고 일어섰다.

"수련동으로 가십니까?"

"공무를 다 끝냈으니 그럴까 합니다. 소혜가 찾으면 기다리지 말고 먼저 자라고 해 주세요."

"예, 알겠습니다."

백도량은 거처를 나서는 북궁천의 뒷모습을 애틋한 눈으로 바라봤다.

한때 연약하기만 했던 북궁천이 이제는 점점 강인해지고 있었다. 한없이 약해 보였던 어깨도 이제는 태산처럼 굳건해진 것도 같았다.

'선주보다 더 위대한 주군이 되실 거라 믿고 또 믿습니다. 이 백도량이 목숨을 바쳐서라도 그렇게 되실 수 있도록 도울 것입니다.'

* * *

연후의 손에 북궁천이 보낸 전서가 쥐어졌다. 전서에는 예상보다 더한 결과가 적혀 있었다.

'봉문이라…….'

한 번 정도는 공동파의 기를 꺾어 놓을 필요성을 느끼

고 지역적으로 가까운 검가에 도움을 청했다.

 감히 북부의 권역에서 소림을 음해할 목적으로 피바람을 일으키려 한 것에 대한 대가는 반드시 치러야 한다는 것이 그러한 요청의 배경이었다.

 '감히 검가에 반발을 하다니……. 맹랑하기 짝이 없는 자들이었군.'

 소림사와 공동파.

 이 두 문파의 사건으로 연후는 구대문파와 오대세가에 대한 생각을 달리하기 시작했다.

 화산과 무당은 걱정할 것이 없었다. 오히려 그들은 재건을 도울 생각까지 깊게 고려하고 있었다. 이미 어느 정도의 방안도 마련해 두었다.

 하지만 다른 문파들은 아직 성향이 드러나지 않은 상태였다.

 만약 그들도 소림사와 공동파처럼 반발하고 나온다면 어떻게 해야 할까?

 답은 이미 정해 놓았다.

 내 편이 아니면 누구든 용서치 않을 것이라고.

* * *

 서문회의 실각은 혼돈과 평화가 공존하는 세상으로 바

꾸어 놓았다.

 누군가에게는 희망을, 누군가에게는 절망을 안겨 주었고, 이권에 의해 맞물려 돌아갔던 수많은 세력이 새로운 길을 모색하기 위해 다시 출발점으로 되돌아가야 했다.

 득을 본 자가 있으면 손해를 본 자도 있기 마련. 혈가는 후자에 속한 세력들 중 한 곳이었다.

 월가, 전가와의 회동을 통해 최소한의 안전장치를 마련해 놓은 적혼은 흥망성쇠(興亡盛衰)의 열쇠라 할 수 있는 새로운 혈강시 생산에 혼신의 노력을 기울였다.

 그 결과 고지가 얼마 남지 않았고, 이전의 혈강시보다 훨씬 더 강력해진 것을 확인한 적혼은 서문회의 실각으로 잠시나마 흔들렸던 주군으로서의 입지를 빠르게 회복해 나갔다.

 "이전의 혈강시가 가졌던 가장 큰 약점은 스스로 생각을 한다는 것이었습니다. 그로 인해 판단에 실수가 있었고, 더 강한 상대에게는 두려움 때문에 물러서는 경우도 있었습니다. 하지만 이놈들은 그렇지 않을 것입니다."

 "스스로 사고가 불가능하다는 말이냐?"

 "이성의 영역을 완전히 배제했습니다. 따라서 오직 주군의 명령에만 복종하며 죽음에 대한 두려움과 공포심도 전혀 느끼지 못할 것입니다."

"후후후."

적혼은 흡족했다.

절대 복종만큼이나 강력한 무기는 두려움을 느끼지 못하는 것이었다. 두려움을 느끼지 못하면 자신보다 더 강한 상대도 죽일 수 있는 곳이 무인의 세계였다.

죽음을 두려워하지 않는 자와 그렇지 못한 자가 가지는 확연한 차이는 천 년의 역사에서 명백히 드러났었다.

"몇 기나 생산이 가능하겠느냐?"

"최소 다섯 놈은 생산이 가능할 것 같습니다. 물론 완벽한 상태로 말입니다."

"수고했다. 그래도 혹시 모르니 완성이 될 때까지 한시도 빈틈을 보여서는 안 될 것이다."

"염려 마십시오. 속하의 목숨을 걸고 주군께서 만족하실 수 있게끔 만들어 놓겠습니다."

척!

적혼은 측근의 어깨에 손을 얹었다.

"놈들이 세상에 나오는 날, 네가 원하는 것은 무엇이든 들어 주마. 후후후."

"감사합니다, 주군!"

그때였다.

혈포인 하나가 안으로 들어섰다. 그가 들어서자 측근은 조용히 물러갔다.

적혼은 태사의에 앉으며 물었다.
"무슨 일이냐?"
"장로원주가 보낸 전령이 왔습니다."
꿈틀.
적혼의 눈썹이 칼날처럼 휘어졌다.
"전령이라고 했느냐?"
"예. 지금 밖에서 대기 중입니다. 그자가 이것을 가져왔습니다."
적혼은 혈포인이 건넨 전서를 펼쳤다. 틀림없는 서문회의 필체였다.
내용을 확인한 적혼이 코웃음을 쳤다.
"흥! 개처럼 도망가더니 용케 살아 있었나 보군."
"뭐라고 적혀 있습니까?"
"본 좌에게 한번 만나자고 하는군. 보나 마나 다시 손을 잡자는 말을 하려는 것이겠지."
"가시겠습니까?"
"내가 왜. 아쉬운 놈이 와야지."
화르륵.
전서가 적혼의 손에서 한 줌 재가 되어 떨어졌다.
"이걸 가져온 놈을 데려오너라."
"예, 주군."
잠시 후 한 청포인이 안으로 들어섰다. 머리를 조아리

는 청포인을 내려다보는 적혼의 눈빛은 매섭다 못해 살기마저 흘렀다.

"원주는 지금 어디 계신가?"

"송구하오나 저 역시 알지 못합니다. 그저 서신을 전하라는 윗분의 명령으로 가주를 찾아뵈었을 뿐입니다."

"대막으로 내뺀 것이 아니란 말이냐?"

"그것 역시 알지 못하는 부분이라……."

적혼은 비웃었다. 서문회가 대막으로 떠났다는 것은 이미 세상이 다 아는 사실이었다.

"네게 이것을 전하라 한 자는 어디에 있느냐?"

"송구하지만 기밀이라 말씀드릴 수가 없습니다."

"그래?"

적혼의 눈빛이 싸늘하게 변했다. 뒤이어 손짓을 하자 혈포인이 검을 뽑았다.

챙!

"과연 목이 날아가도 말하지 않을까?"

"소인을 죽이신다 해도 말씀드릴 수가 없습니다."

시퍼런 검 날이 목젖에 닿아도 청포인은 눈 하나 깜박하지 않았다.

적혼의 두 눈이 이채를 발했다.

뒤이어 피식 웃었다.

"늙은이가 수하는 제대로 거뒀군. 검을 거둬라!"

철컥!

"돌아가서 전해라. 본 좌에게 할 말이 있으면 직접 본 좌를 찾아오라고 말이다."

"가주의 뜻이 그러하시다면 그렇게 전하겠습니다. 하면 소인은 이만 물러가겠습니다."

청포인이 대전을 빠져나가자 적혼은 손가락을 튕겼다. 그러자 혈포인 한 명이 벽 뒤에서 유령처럼 모습을 드러냈다.

"놈을 쫓아가 놈의 윗선을 통해 늙은이가 어디에 있는지 알아내도록 하여라."

"존명."

혈포인이 사라지자 적혼은 창가로 걸어가 창문을 열어젖혔다.

오늘따라 하늘이 유독 파랗고 높았다. 흔한 구름조차 한 점 없으니 보고만 있어도 기분이 청량해지는 것 같았다.

실룩.

적혼의 입가에 흐릿한 미소가 걸렸다.

'묘하군. 서문회의 실각이 오히려 재정비를 할 수 있는 시간을 벌어 주다니······.'

이전까지 적혼은 거침없이 달리는 마차와 같았다. 멈추면 부서질 것 같아 그럴 수가 없었고, 그럴 마음도 없었다.

하지만 서문회의 실각이라는 엄청난 사건이 그를 멈추게 만들었고, 앞만 보고 달리던 그로 하여금 뒤를 돌아보게끔 했다.

 뒤를 돌아보니 모자란 부분이 보였고, 그것을 개선하기 위해 노력을 기울이니 미처 보지 못한 것까지 볼 수 있게 되었다.

 '나쁘지 않아. 후후후.'

 그때였다.

 "주군."

 굵직한 목소리와 함께 또 다른 혈포인이 대전으로 들어섰다. 적혼은 하늘에 던져 놓았던 시선을 거두며 뒤돌아섰다.

 "무슨 일이냐?"

 "백야벌에서 연락이 왔는데…… 황하수련의 전 련주 우문적이 백야벌에서 모습을 드러내었다고 합니다."

 "우문적이?"

 "예. 한데 그자가 대지존에게 황하수련의 련주로 복귀하는 걸 인정해 줄 것을 백야벌에 요청했고, 대지존이 이를 수용할 것이라는 소문이 이미 파다하게 퍼진 상태라고 합니다."

 적혼의 눈빛이 묘하게 변했다.

 완전히 잊혔던 존재 우문적의 등장은 대수로울 게 없었

다. 하지만 그가 황하수련을 다시 지배하게 된다면 얘기가 달라진다.

씨익.

적혼이 치아까지 드러내며 웃었다.

"우문적이 다시 황하수련을 지배하게 된다면 이연후, 놈은 그야말로 닭을 쫓던 개 신세가 되겠군. 이러면 북부의 기세가 한풀 꺾인다고 볼 수 있겠군. 후후후."

적혼은 아주 기분이 좋았다. 모든 것이 자신의 위주로 돌아가는 것만 같았다.

"모처럼 연회나 해 볼까?"

"준비하라 이르겠습니다."

적혼은 대전을 빠져나가는 혈포인을 응시하며 흡족하게 웃었다.

"하하하!"

6장
소림풍운

소림풍운

원탁회의와 십인회의에서 우문 련주의 복귀를 허락했습니다.

철군악으로부터 낭보가 날아들었다.

'생각보다 쉽게 허락이 떨어진 것은 백야벌 내에서 나를 견제하려는 자들이 그만큼 많다는 것이겠지.'

그들이 우문적을 통해 철혈가와 검가를 견제할 목적으로 찬성했을 가능성이 높았다.

'내막을 모르는 자들의 입장에서는 우리와 검가가 닭을 쫓던 개 신세가 되었다고 비웃겠군.'

연후는 서신을 태워 버리고는 밖으로 향했다.

철우가 곁을 따르며 말했다.

"이런 평온한 나날들이 꽤 어색합니다. 하지만 이렇게 사는 것도 나쁘진 않을 것 같습니다."

"나도 간혹 이런 생각을 해 봤다. 그냥 이쯤에서 멈춰도 되지 않을까, 하는……. 하지만 그때마다 내 손에 죽어 간 자들이 꿈에 나타나 나를 괴롭히더군. 여기서 멈추면 자신들의 죽음이 너무 억울하다면서 말이야."

"어디까지 가실 겁니까?"

"갈 수 있는 곳까지."

예상했던 대답이었을까?

철우의 입가에 흐릿한 미소가 떠올랐다.

둘은 잠시 후 철혈가 내에 있는 대장간으로 향했다. 송영과 장인들이 구슬땀을 흘려 가며 신무기 제작에 여념이 없었다.

연후는 방해가 될까 봐 송영만 따로 불러냈다.

"잘되어 가고 있나?"

"예. 양질의 철 덕분에 예상보다 더 좋은 물건들이 나올 것 같습니다. 아, 그리고 내일 아침에 금광으로 가 봐야 할 것 같습니다."

"거긴 왜."

"제가 직접 눈으로 확인을 해 봐야 재정을 꾸려 나가는 데 도움이 될 것 같아서요. 손이와 백이를 데려가도 되겠습니까?"

피식.

"같이 가자고 조르던 모양이지?"

"자식들이 바깥바람을 쐬고 싶어 안달이 나서 말입니다. 허락해 주시면 사고 치지 않고 잘 다녀오겠습니다."

"그렇게 해."

"감사합니다!"

"무사들이 실망하지 않게끔 한 자루, 한 자루에 최선을 다해야 한다. 알겠느냐?"

"염려 마십시오. 시장에 갖다 팔면 거금을 받을 수 있을 만큼 제대로 만들고 있습니다. 한번 시험해 보시겠습니까?"

녀석이 이렇게 자신만만해하는 것을 보니 제대로 만들고 있는 모양이었다.

"수고해라."

"옙!"

연후는 발길을 동방리의 거처가 있는 곳으로 돌렸다. 그곳에는 의술을 배우기 위해 몰려든 사람들로 북적거렸다.

그중에는 황태도 있었다. 그는 누구보다 집중하고 있었다.

철우가 실소를 머금었다.

"배워질까요?"

"뭐든 노력하면 안 될 것도 없지."
"들어가시겠습니까?"
"됐어."
연후는 들어가면 괜히 방해만 될 것 같아 거처로 발길을 돌렸다.
그때였다.
"왜 그냥 가세요?"
뒤에서 동방리의 목소리가 들려오자 연후는 다시 돌아섰다. 동방리와 황태가 다가왔다.
"끝났소?"
"아뇨. 휴식 시간이에요."
연후는 황태를 응시했다.
"할 만하오?"
황태가 멋쩍게 웃었다.
"혹시라도 내가 다치면 스스로 치료할까 싶어서 배우는 중인데…… 머리가 나빠서인지 쉽지가 않소."
"열심히 배우다 보면 간단한 부상 정도는 치료가 가능할 거예요. 그러니 하루도 빼먹지 말고 꼬박꼬박 챙겨 듣도록 하세요."
"……알겠소."
머리를 긁적이는 황태가 연후는 신기했다.
사람이 변해도 이렇게까지 변할 수도 있구나, 하는 생

각이 절로 들게 만드는 황태였다.
 "자신도 모르는 능력이 숨어 있을지 모르니 열심히 해 보시오."
 덕담을 건넨 연후는 거처로 향했다.
 그 모습을 지켜보던 황태가 동방리를 돌아보며 의미심장한 표정을 지었다.
 "어디로 도망가지 못하게 단단히 잡아 둬야 할 거요."
 "……예?"

* * *

 소림사.
 돌아온 혜몽을 반기는 이들이 적잖이 많았다.
 하지만 그렇지 못한 자들이 더 많았다. 여전히 그들에게 혜몽은 사문의 어른이 아닌 스스로 파계의 길을 걷는 괴짜일 뿐이었다.
 혜몽은 대웅전에서 효광의 죽음을 전했다.
 청천벽력과도 같은 소식에 대웅전은 비통에 잠겼다. 몇몇 노승들이 철혈가를 향해 분통을 터트렸지만, 효광이 마기를 지녔다는 것 때문에 분노가 번지는 일은 없었다.
 소림의 승려가, 그것도 장문인이 뇌음사의 마공을 익혔다는 것은 효광의 죽음만큼이나 충격적인 일이었다.

혜몽은 모두를 향해 준엄한 어조로 말했다.

"이번 사건과 관련하여 백야벌에서도 강호의 불문율과는 상관없다는 결론을 내린 것 같소."

좌중이 크게 술렁거렸다.

한 승려가 물었다.

"그럼 이제 어떻게 되는 겁니까?"

"백야벌에서 철혈가주께 자비를 베풀어 줄 것을 요청했지만, 그분이 그것을 받아들이지 않으면 온전히 우리가 책임을 져야 할 것이오."

"그 책임이라는 게 혹시 철혈가가 우리를 공격할 수도 있다는 말이외까?"

"그렇습니다."

"아미타불……."

"허어……."

혜몽은 비통함에 두려움까지 더해진 좌중의 분위기에 잠시 말문을 닫았다.

다른 승려가 또 묻고 나섰다.

"철혈가주의 진노를 막을 방법이 없겠습니까?"

"……."

혜몽이 답을 않자 승려가 모두를 향해 외쳤다.

"당장 혈왕군이 코앞에 진을 치고 있습니다! 그들이 쳐들어오기라도 하는 날에는 소림은 멸문지화를 면치 못할 것입니다! 설사 그들을 막아 낼지라도 이어서 들이칠 북부군은 무슨 수로 감당한단 말입니까!"

"아미타불……."

"혜몽 사숙조께서 이 위기를 막아 주십시오! 지금까지 철혈가에 가 계셨으니 누구보다 그곳에 대해 잘 아시지 않습니까!"

"그렇습니다. 사숙께서 앞장서 주십시오!"

젊은 승려들은 혜몽이 나서 주기를 바랐다.

하지만 노승들은 입을 다문 채 아무 말도 하지 않고 있었다. 그들 대부분은 혜몽이 나서서 이 위기를 모면하게 된다면 장문인의 자리가 그에게 넘어갈까 우려하고 있었다.

혜몽도 그들의 의중을 꿰뚫어 보고 있었다.

'저들 중 한 명이 장문인의 자리에 오른다면 사문은 또다시 헤어나지 못할 구렁텅이로 빠지게 될 터.'

꽈악.

혜몽은 어금니를 악물었다.

그리고 결심했다. 자신이 장문인의 자리에 오를 것을.

'사문을 위해서라면…….'

"조용하시오!"

모두가 혜몽을 주목했다.

혜몽은 좌중을 천천히 쓸어 본 다음 스스로 지옥불에

뛰어드는 심정으로 말했다.

"내 비록 배분이 낮지 않으나 지금의 신분으로 철혈가주와 담판을 지을 순 없소. 그분과 담판을 지을 수 있는 사람은 오직 장문인뿐이오. 해서 감히 자청하건대, 나 혜몽이 장문인의 직을 수행할까 하오."

술렁!

또다시 술렁이는 좌중.

그때 한 노승이 자리를 박차고 일어서며 언성을 높였다.

"지금껏 사문을 외면하시다가 이제 와서 장문인이 되시겠다니. 천부당만부당한 말씀이외다!"

"옳습니다!"

"속히 발언을 물리시오!"

예상했던 인물들이 일제히 들고 일어섰다.

하지만 이미 결심을 굳힌 혜몽은 눈빛 하나 흐트러지지 않았다.

"하면 여러분들 중 한 명이 장문인이 되어 철혈가로 가시오. 가서 이 위기를 모면하게만 해 준다면 나 혜몽, 기꺼이 그 사람을 장문인으로 모시겠소."

말을 하다가 생각지도 못한 오기가 발동하는 경우가 있다. 지금 혜몽이 그러했다.

그때 한 젊은 승려가 외쳤다.

"배분으로 따지면 혜몽 사숙조가 마땅히 장문인이 되어야 합니다! 소승은 혜몽 사숙조의 말씀에 적극 찬성합니다!"

"제자도 같은 생각입니다!"

젊은 승려 대부분은 혜몽을 편들고 나섰다.

"이놈들! 감히 이 자리가 어떤 자리라고 함부로 떠들고 나서는 게야! 냉큼 나가지 못할까!"

"저희에게 이래라저래라 할 자격은 없는 것 같습니다! 여기 계신 대부분의 어른들께서는 장문인께서 잘못된 길로 들어가시는 것을 방관 내지 동조하지 않으셨습니까!"

"네 이놈!"

비통했던 분위기는 온데간데없이 대웅전이 뜨겁게 달아올랐다.

그때였다.

승려 하나가 안으로 뛰어 들어왔다. 그의 표정은 귀신을 본 것처럼 잔뜩 굳어 있었다.

"철혈가의 사신이 찾아왔습니다!"

* * *

뇌검이 대웅전으로 들어섰다.

함께 온 대원들은 대웅전 밖 마당에 도열한 채 칼날 같은 기운을 뿌려 댔다.
 뇌검은 모두를 천천히 쓸어 보고는 차갑게 물었다.
 "주군의 뜻을 전하러 왔소. 하면 누구한테 전하면 되겠소?"
 "……."
 좌중이 조용히 가라앉았다.
 혜몽은 과연 누가 나설까 지켜보았다. 하지만 서로 눈치만 볼 뿐 아무도 나서지 않으려 하자 한숨을 내쉬었다.
 '하나도 변하지 않았구나.'
 혜몽이 앞으로 나섰다.
 뇌검이 혜몽의 아래위를 훑고는 말했다.
 "장문인에 준하는 자격을 갖춘 사람에게 전하라는 명이 계셨소만."
 "나이 때문이라면 염려하지 마시오. 배분은 소승이 가장 높소이다."
 스스로 대표하는 혜몽을 말리는 사람은 아무도 없었다. 불과 조금 전에 언성을 높였던 노승들도 못마땅한 표정은 지을 뿐 감히 나서지 못하고 있었다.
 철혈가의 사신이 두려운 것이 아니라 괜히 나섰다가 일이 잘못되면 모든 것을 잃어버릴 수 있기 때문이었다.
 "그럼 북부의 통치자시며 두 세력을 다스리시는 주군의 뜻을 전하겠소."

꿀꺽!

침을 넘기는 소리가 천둥처럼 크게 느껴질 정도로 좌중이 질식할 것만 같은 정적에 휩싸였다.

"청룡사에서의 소림이 저지른 만행은 본 북부에 대한 도전 행위로 간주할 수밖에 없다. 이에 소림을 멸해야 마땅하나 지금껏 혜몽에게 받은 도움을 감안하여 자비를 베풀고자 한다."

자비를 베풀겠다는 말에 모두의 낯빛이 밝아졌다.

하지만 이어진 말이 그들 모두를 경악 속으로 밀어 넣었다.

"이에 본인은 소림에 십 년 동안의 봉문을 명한다. 또한 본 가의 병력으로 하여금 소림을 경계할 것이며, 이를 어길 시 강호의 역사에서 소림은 영원히 사라지게 될 것이다."

쿵!

너 나 할 것 없이 머릿속에서 벼락이 치는 기분에 휩싸였다.

십 년의 봉문이라니. 소림의 역사에서 타의에 의한 봉문은 한 번도 일어난 적이 없었다.

"하나 더 남았소."

"……!"

"혈왕으로 하여금 마기를 지닌 자를 색출하여 엄벌에

처할 것이니, 누구든 저항하거나 도주하려 한다면 죽음으로서 다스릴 것이다, 라고 전하라 하시었소."

그때였다.

쾅!

돌연 뒤쪽에서 두 명의 승려가 밖으로 뛰쳐나갔다.

모두가 놀랄 때 밖에서 외마디 신음과 함께 둔탁한 소리가 울렸다.

"억!"

"컥!"

퍽!

쿵!

모두의 시선이 활짝 열려 있는 문 너머로 향했다.

그리고 잠시 후 대웅전 바닥으로 그림자가 길게 늘어지며 한 사람이 들어섰다. 신휘였다.

뇌검이 그를 향해 머리를 조아렸다.

"어서 오십시오."

혜몽도 합장하며 머리를 숙였다.

"소승, 혜몽이 혈왕을 뵙습니다."

"헉!"

"……!"

신휘는 요동치는 공기를 뚫고 혜몽을 향해 다가갔다.

"주군의 뜻은 전달받았나?"

"예. 방금 전해 들었습니다."

"그럼 내가 왜 왔는지 다들 알고 있겠군."

척척척!

밖에서 일어난 흙먼지가 바람을 타고 대웅전으로 흘러들었다.

승려들은 경내로 들어서는 혈왕군을 바라보며 눈빛을 떨었다. 몇몇 승려들은 창백한 안색으로 식은땀까지 흘렸다.

신휘가 좌중을 한 차례 쓸어 보고는 특유의 묵직한 어조로 말했다.

"강제하기 전에 스스로 실토하고 나선다면 참작하여 목숨을 거두지는 않겠소. 반면 저항하거나 도주를 하려 한다면……."

신휘는 뒷말을 일부러 흐렸다. 굳이 말하지 않아도 될 터였다.

"없다면 다행이지만 그래도 확인은 해 봐야겠지."

스르릉.

신휘가 검을 뽑자 실내에 한기가 휘몰아쳤다.

"들어오너라."

"예!"

채채챙!

신우와 대주들이 안으로 들어서며 검을 뽑았다.

이미 대웅전 밖은 혈왕군이 장악을 한 뒤였다.

수많은 승려들이 감히 어찌할 바를 모른 채 불안한 눈으로 대웅전을 바라봤다.

신휘는 다시 한번 모두를 위압적으로 쓸어 보고는 말했다.

"지금이라도 스스로 나서면 정상을 참작해 주겠소. 이번이 마지막 기회이니 현명한 판단을 내리기 바라겠소."

그때였다.

털썩!

승려 두 명이 앞으로 나와 무릎을 꿇었다.

다른 승려들이 두 눈마저 부릅뜨며 경악했다.

두 승려는 소림 내에서 배분이 높은 축에 속하는 자들이었다. 또한 평소 제자들을 아끼고 사랑하기로 정평이 나 있던 자들이었다.

"장문인의 꾐에 넘어가 불가의 제자로서 넘어선 안 될 선을 넘었습니다. 용서해 주시면 이후 죽는 날까지 참회하며 살겠습니다!"

"용서해 주십시오!"

"이자들을 끌고 가라."

"예!"

대주 두 명이 승려들을 대웅전 밖으로 끌어냈다.

신휘는 다시 고개를 들어 승려들을 바라봤다. 하지만

더 이상 나오는 자들은 없었다.

그때였다.

쾅!

땅을 박차는 소리와 함께 한 승려가 대웅전 뒤쪽의 창을 향해 몸을 날렸다.

와장창창!

창을 부수고 뛰쳐나간 승려의 앞에는 혈왕군이 버티고 있었다. 승려는 본능적으로 혈왕군을 향해 두 주먹을 뻗었다.

하지만 그보다 더 빨리 움직인 이들이 있었다. 뇌검의 부대원들이었다.

유령처럼 나타난 그들에 의해 승려는 허망하게 팔 하나를 잃고 꼬꾸라졌다.

"크악!"

털썩!

"죽이지 말고 생포한다!"

뇌검의 명령이 떨어지면서 상황은 막을 내렸다.

대웅전 곳곳에서 탄식이 터져 나왔다.

"아미타불······. 부처를 모시는 자들이 마공을 익히다니, 소림이 어쩌다가 이 지경이 되었을꼬."

"허어······."

신휘가 모두를 향해 준엄한 어조로 말했다.

"마음 같아서는 한 명씩 조사를 해 봐야 하나, 당신들의 자정 능력을 한번 믿어 보겠소."

그 말을 끝으로 신휘가 돌아서자 몇몇 승려들이 그 자리에 털썩 주저앉았다.

어떤 이는 눈물을 쏟기까지 했다.

* * *

"제법 강한 고수들이 여럿 있다고 들었는데, 일이 너무 쉽게 흘러가는 것 같아 좀 이상합니다."

신우의 그 말에 신휘는 웃었다.

"제아무리 고수들이 많아도 북부를 상대로 주먹을 내지를 순 없는 법이지. 그랬다가는 봉문이 아니라 잿더미가 될 테니까."

"하긴 서북무림도 박살이 나 버렸는데 소림 따위가……. 그나저나 이대로 돌아갑니까?"

"나는 돌아갈 테니 너는 따로 명령이 있을 때까지 이곳을 경계하도록 해. 불상사가 일어나지 않게 조심하고."

"알겠습니다."

신우는 떠나는 신휘를 배웅하고 돌아와 혈왕군에게 몇 가지 명령을 내리고는 소림사의 경내 바로 옆쪽 숲에 군영을 세웠다.

* * *

혜몽이 모두를 향해 물었다.
"어느 분이 사문을 대표하여 철혈가주를 뵈러 가겠소?"
아무도 대답하지 않았다.
"그럼 이 몸이 장문인직을 수행하겠다는 것에 이의가 있으면 말하시오."
"……."
조금 전과는 달리 아무도 나서지 않았다. 반발하는 자도 없었다.
가장 강하게 반발했던 자는 스스로 마공을 익혔음을 실토했고, 다른 한 명은 도주하다가 팔 하나를 잃었으니 분위기는 혜몽 쪽으로 완전히 기울었다고 볼 수 있었다.
"다시 말하지만 이 위기를 해결하지 못한다면 장문인의 직에 오르지 않을 것이오. 하나 그 반대라면 내 한 몸 불살라서라도 사문을 제대로 고쳐 나갈 것이오."
분위기가 갑자기 숙연하게 바뀌었다.
혜몽은 잠시 모두를 바라보다가 돌아섰다.
"다녀오겠소."
"제자가 모시고 가겠습니다!"

한 젊은 승려가 나섰다.

"아니다. 나 혼자로도 충분하니 너는 남아서 어른들을 도와 드려라."

"……예. 하면 조심히 다녀오십시오, 사숙조."

대웅전을 나서는 혜몽의 뒤를 승려들이 따라나섰다.

잠시 후 혜몽은 산문을 내려갔고, 남은 자들은 혼란을 수습하기 위해 각자의 자리로 돌아갔다.

소림의 경내가 한눈에 내려다보이는 곳으로 올라간 신우는 품속에서 술병을 꺼내 입으로 가져갔다.

벌컥벌컥!

"그러게 하던 대로 부처나 잘 모시고 살 것이지 왜 주군의 심기를 건드려 가지고는. 쯧쯧쯧."

부관이 물었다.

"주군께서 정말 소림을 칠 생각이셨을까요? 저는 그냥 겁만 주신 것 같은데 말입니다."

"네가 우리 주군을 몰라서 그래, 인마."

"그럼 정말 소림을……."

"당연하지."

* * *

혜몽은 열흘 만에 돌아왔다. 그리고 봉문을 철회한다는

소식을 전했다.

 소림은 안도했고, 혜몽은 다수의 지지를 받으며 공식적으로 장문인의 자리에 올랐다.

* * *

 깡!
 피와 살로 이루어진 인간의 몸을 검이 베었지만 쇳소리와 함께 검이 부러졌다.
 "하하하!"
 적혼은 파안대소했다.
 가장 먼저 완성에 성공한 혈강시의 위력은 예상보다 더 강력했다. 금강불괴의 신체에 공포심을 느끼지 못하며, 이전의 혈강시보다 더 빠르고 더 파괴적이니 이보다 더 강력한 병기는 없으리라.
 "공격 대상을 정하고 명령을 내리면 온몸이 부서질 때까지 상대를 공격할 것입니다."
 적혼의 두 눈이 이채를 발했다. 뒤이어 아주 흡족한 표정을 지었다.
 척!
 "목표한 숫자만 완성되면 네게 혈가의 누구도 누리지 못할 부귀영화를 내릴 것을 약속하마."

"감사합니다. 주군."

적혼은 거처로 향했다. 그는 걷는 내내 연신 흡족하게 웃었다.

하지만 얼마 가지 못하고 걸음을 멈췄다. 전방에서 혈포인 하나가 바삐 뛰어 오는 것을 본 것이다.

"무슨 일이냐?"

"방금 첩보를 입수했는데…… 북부무림이 금광을 발견했다고 합니다. 거의 일만에 달하는 인원과 그와 비슷한 병력이 투입된 것을 보면 금광의 규모가 어마어마한 것 같습니다."

적혼의 얼굴에서 웃음기가 싹 가셨다.

최근 혈가의 재정 상태는 매우 좋지 못했다. 황금상단과의 교역이 중단된 것이 결정적인 원인이었는데, 그보다 더 큰 원인은 혈강시 생산에 막대한 돈이 들어간 탓이었다.

해서 적혼은 재정난을 해결하기 위해 모든 수단을 동원하라는 지상 명령까지 내려놓은 상태였다.

"철광산 두 곳에 금광까지……. 이러면 북부가 날개를 단 셈이군."

"부와 전력은 불가분의 관계입니다. 금광에서 막대한 금이 채굴된다면 북부는 더욱더 강성해질 것입니다."

"어째서 북부에만 이런 호재가 계속 생긴단 말인가."

"보고드릴 게 하나 더 있습니다."

"또 무엇이냐!"

"황금상단이 북부와 손을 잡은 것 같습니다. 입수한 정보에 의하면 황금상단의 총단을 떠난 수십 대의 마차가 북부의 철광산으로 이동 중이라고 합니다. 속하의 예상으로는 황금상단이 북부가 생산한 철을 각지로 가져가 판매하려는 것 같습니다. 물론 판매 대금의 일부를 받는 식으로 말입니다."

팟!

적혼의 눈에서 살광이 일었다.

"왕적, 이놈이……."

왕적이 일방적으로 교역을 중단한 이후로 적혼은 기회가 되면 제대로 손봐 줄 생각을 하고 있었다. 다만 이후 서장무림과 대막무림의 침공 때문에 그럴 만한 기회를 잡지 못했을 뿐이었다.

심복이 뭔가 생각하는 듯하더니 적혼을 향해 물었다.

"속하가 한 말씀 올려도 되겠습니까?"

"말해라."

"혈강시의 위력을 한번 시험해 봄이 어떨는지요. 황금상단을 대상으로 해서 말입니다."

팟!

이번에는 적혼의 두 눈이 기광을 번뜩였다.

소림풍운 〈269〉

심복이 말을 이었다.

"이자가 배제된 데다, 오직 주군의 명령에만 따르는 놈이니 설사 잘못되어도 비밀이 새어 나갈 염려도 없지 않겠습니까?"

"좋은 생각이다."

"다만 주군께서 직접 움직이셔야 하는 번거로움이 있습니다. 번거로움이 싫으시면 혈강시를 부릴 수 있는 신호를 속하에게 알려 주십시오. 하면 속하가 놈을 이끌고 가서 황금상단의 행렬을 쓸어버리고 오겠습니다."

적혼이 잠시 생각에 잠겼다.

하지만 그 시간이 오래가지는 않았다.

"다시 비동으로 간다."

적혼은 혈강시가 있는 곳으로 발길을 돌렸다.

그리고 잠시 후 혈강시와 소통할 수 있는 신호를 정하고 그 신호를 심복에게 알려 주었다.

혈강시 생산을 총괄하는 자가 물었다.

"오직 주군만이 혈강시를 부리실 수 있어야 하는데, 어찌하여 저자에게 신호를 알려 주셨습니까?"

"믿어도 되는 녀석이니 걱정할 거 없다."

"하지만……."

척.

적혼은 어깨에 손을 얹으며 웃었다.

"주군이 되어 수하를 믿지 못하면 어찌 주군이라 할 수 있겠느냐. 어쨌든 본 좌를 걱정하는 네 마음은 잊지 않고 기억해 두마."

　　　　　　　＊　＊　＊

"날씨 한번 죽여주는구나!"
　왕적은 마차의 창을 통해 화창한 날씨를 만끽하며 술잔을 기울였다.
　여섯 마리 대완마(待完馬)가 이끄는 마차의 내부는 화려함의 극치를 달렸고, 미모의 여인 두 명이 그의 수발을 들고 있었다.
　심복 왕평이라는 자가 왕적의 빈 잔에 술을 채우며 말했다.
"북부의 광산에서 생산되는 철의 품질이 최상급이라 잘만 하면 막대한 이득을 취할 수 있을 것입니다. 바다 건너 동영으로 가져가면 중원보다 두 배는 더 높은 가격에 팔 수 있습니다."
"해서 너희에게 배를 미리 준비해 두라고 하지 않았느냐. 섬나라 놈들이 수십 년에 걸쳐 전쟁 중이라 무기가 부족함은 당연할 터. 이번 기회에 제대로 한번 돈을 벌어 봐야지. 후후후."

"그렇습니다."

왕적은 흡족한 표정으로 술잔을 거푸 비웠다.

한 여인이 그의 몸에 가슴을 밀착시키며 콧소리를 냈다.

"단주님은 좋으시겠어요. 지금도 중원제일의 갑부이신데, 지금보다 더 많은 돈을 버시면 천하제일의 갑부가 되실지도 모르잖아요."

"요년아. 내가 천하제일의 갑부가 되면 너희들도 덩달아 부자가 될 게 아니냐."

"아이……."

"으하하하!"

왕적의 웃음소리가 마차 밖으로 흘러나갔다.

마차 주변을 호위하는 고수들이 서로를 쳐다보며 피식 웃었다.

마차의 수는 정확하게 삼십 대였다. 또한 호위 병력도 거의 일천에 달했으니, 상단의 행렬치고는 어마어마한 규모라 할 수 있었다.

날카로운 눈매가 인상적인 청포인이 나란히 이동하는 동료를 돌아보며 말했다.

"이번 기회에 북부의 주군을 볼 수 있었으면 좋겠는데 말이야."

"그 양반은 봐서 뭐하게?"

"소문처럼 얼마나 대단한지 확인해 보고 싶어서. 너는 궁금하지 않냐?"

"당연히 궁금하지. 하지만 북부의 주군보다 더 궁금한 건 혈왕이다. 죽기 전에 그를 한 번만 볼 수 있었으면 좋겠다고 생각했는데……. 제발 볼 수 있었으면 좋겠다."

"그 무서운 인간은 봐서 뭐하게."

"무섭기는 북부의 주군도 마찬가지잖아, 자식아."

"하긴."

"후후후!"

대화를 나누는 둘은 전직 사파의 고수 출신으로, 왕적이 거금을 들여 고용한 자들이었다.

"그만 재잘대고 집중해라."

앞서 이동하던 자가 뒤돌아보며 경고했다.

한 마리 늑대를 연상시키는 중년인으로, 그가 호위 병력을 이끄는 수장이었다.

청포인이 시큰둥한 표정으로 말했다.

"이 많은 병력이 이동하는데 설마 무슨 일이야 있겠소?"

"설마가 사람을 잡는 법이다."

"젠장."

"뭐?"

"……아니오. 그냥 혼잣말을 해 봤소."

청포인은 자신을 매섭게 노려보는 중년인의 시선을 피해 고개를 돌렸다. 그러다가 한순간 흠칫하더니 이내 두 눈을 한껏 치떴다.
"저건……뭐지?"

7장
혈강시의 위력과 약점

혈강시의 위력과 약점

태양 한가운데에 새카만 점이 떠올라 있었다.

점은 엄청난 속도로 자신들을 향해 떨어져 내리고 있었다.

"사…… 람?"

틀림없는 사람이었다.

사람이 어떻게 저 높이까지 떠오를 수 있을까, 하며 경악할 때였다.

콰앙!

마차 한 대가 폭음과 함께 산산조각이 나면서 처절한 단말마가 터졌다.

"으아악!"

"크악!"

난데없는 소란에 마차 안에서 여유를 즐기던 왕적이 화들짝 놀라며 술잔을 떨어뜨렸다.

왕평이 재빨리 창문을 열어 밖을 살폈다.

"상단이 공격을 받고 있습니다!"

"뭣이!"

마차가 멈추고 왕적이 밖으로 뛰쳐나왔다.

그 와중에도 마차 한 대가 또다시 박살이 나면서 주변의 무사들이 피를 뿌리며 날아갔다.

"으아악!"

"크아악!"

마차 주변의 호위들이 다가왔다.

"도적 떼가 쳐들어온 것 같습니다! 안전하게 마차 안으로 들어가십시오!"

"도적 떼라니! 도적놈들이 미치지 않고서야 이 많은 병력을 보고도 달려든단 말이냐!"

"……!"

그때였다.

쾅!

폭음과 함께 보고도 믿기지 않을 만큼 높이 솟구쳐 오르는 자가 있었다. 머리에서 발끝까지 흑의를 두른 복면인이었다.

그를 뒤쫓아 솟구친 무사들은 한 줄기 섬광에 육신이

갈라지며 피를 쏟기를 반복했다.

"크아악!"

"저럴 수가……."

지켜보던 모두가 경악을 금치 못했다.

왕적의 얼굴이 돌덩이처럼 굳어졌다.

"도적이 아니다! 도적 떼에 저 정도 고수가 있다는 게 말이 되느냐!"

"일단 안전한 곳으로 피하십시오!"

"닥쳐라! 천 명이 넘는 병력이 있는데 내가 왜 피한단 말이냐! 모두 달려들어 저놈을 잡아라!"

왕적의 고함에 주변을 호위하던 병력이 일제히 달려 나갔다.

왕적은 이를 갈았다.

"보나 마나 본 상단을 방해하려는 세력의 소행일 터. 내 어떤 놈들인지 알아내기만 하면 절대 가만두지 않을 것이다!"

* * *

복면인은 강했다.

믿을 수 없을 정도로 빨랐고, 또한 잔혹하여 사방에서 날아드는 칼날 앞에서도 눈 하나 깜박이지 않았다.

혈강시의 위력과 약점 〈279〉

퍼퍽!

"우악!"

"컥!"

두 명의 무사가 좌우에서 협공을 가했지만 복면인의 손짓에 가슴에 구멍이 뚫리는 참혹한 죽음을 맞았다.

주변의 다른 무사들은 감히 달려들 엄두조차 내지 못한 채 복면인의 주변을 에워쌀 뿐이었다.

그때였다.

휘리릭!

세 명의 황포인이 복면인의 뒤쪽에서 떨어져 내렸다. 왕적이 가장 믿고 있는 자들로, 저마다 초절정의 경지에 오른 고수들이었다.

"물러서라!"

그들의 외침에 무사들이 뒤로 물러섰다.

황포인들이 복면인의 삼면을 에워싸며 천천히 다가섰다. 이미 그들은 복면인이 혼자서는 감당할 수 없는 고수임을 인정하고 있었다.

그런 황포인들을 바라보는 복면인의 두 눈은 놀랍게도 일말의 감정조차 떠올라 있지 않았다.

마치 유리를 깎아서 만든 눈동자 같다고나 할까?

"조심하게."

"알겠네."

그때였다.

"저쪽이다!"

한 무리의 무사들이 좌측 숲으로 뛰어들었다. 뒤이어 금속성과 비명이 터져 나왔다.

까가강!

"으악!"

"크아악!"

"숲에도 도적놈들이 있다! 쳐라!"

수백 명의 무사가 숲으로 뛰어들었다. 혼란의 와중에도 황포인들은 오직 복면인만을 주시하며 천천히 다가섰다.

스스슥.

복면인이 다시 움직일 기미를 보이며 검을 늘어뜨리자, 황포인 중 하나의 뺨을 타고 땀이 흘러내렸다.

고수는 고수를 알아보는 법이라고 했던가?

복면인의 사소한 동작 하나에도 숨이 턱턱 막힐 것 같은 위압감이 느껴졌다.

"조심하게. 상대는 지금껏 우리가 겪어 보지 못한 고수이네."

"알았네."

팟!

복면인이 움직였다.

움직였다 싶은 순간 이미 한 황포인의 코앞까지 검이

날아들고 있었다.
 "……!"
 황포인은 기겁하며 허리를 꺾었다.
 동시에 좌측의 황포인이 복면인의 검을 후려쳤다.
 꽝!
 "억!"
 답답한 신음은 오히려 검을 후려친 황포인의 입에서 터져 나왔다.
 파파팟!
 황포인의 검을 쥔 오른손에서 피가 튀었다. 충격의 여파로 뼈가 부러지며 살갗을 뚫고 튀어나온 것이다.
 "이럴 수가……."
 불신으로 흔들리는 황포인의 두 눈에 한 줄기 섬광이 맺혔다. 섬광은 이내 황포인의 가슴을 꿰뚫었다.
 퍽!
 "컥!"
 외마디 신음과 함께 맥없이 꼬꾸라지는 황포인. 다른 황포인들이 복면인을 향해 동시에 달려들었다.
 꽈광!
 파파팟!
 검과 검이 부딪치며 흙먼지가 치솟았다.
 합공을 막아 낸 복면인이 뒤로 밀리면서 좁고 깊은 고

랑 두 줄기가 생겨났다.

"……억!"

두 황포인은 경악을 금치 못했다.

합공이 완벽하게 들어갔음에도 복면인은 뒤로 일 장 정도 밀려났을 뿐, 지극히 멀쩡한 모습이었다.

하물며 상대가 방어할 틈도 없이 들어간 합공이었다.

그때였다.

쾅!

복면인이 땅을 박차고 뛰어올랐다.

두 황포인은 방어 자세를 취하며 모든 공력을 끌어올렸다.

하지만 복면인은 그들을 공격하지 않고 그대로 숲으로 사라졌다.

황포인들은 재빨리 숲으로 뛰어들었다.

곳곳에 죽은 자들이 널려 있었다. 그곳에 모여 있던 무사들 중 한 명이 다가왔다.

"이 숲에 다섯 명이 숨어 있었는데…… 하나같이 상당한 고수들이었습니다."

"……."

황포인은 눈빛을 떨었다.

죽어 나뒹구는 시신은 모두 상단의 병력들이었다.

"갑자기 물러간 이유가 뭘까요?"

"제아무리 천하고수라도 고작 여섯으로 일천에 달하는 우리 모두를 상대할 순 없다. 필시 어떤 목적을 가지고 의도적으로 우리를 흔들어 놓은 것이 틀림없다."

"단순한 도적이 아니라는 건 확실한데 말입니다."

"아무래도 느낌이 좋지 않다."

한 황포인이 왕적이 있는 곳을 돌아봤다. 마침 왕적이 호위들과 함께 다가오고 있었다.

왕적은 참혹한 현장을 둘러보며 잔뜩 인상을 굳혔다.

"놓쳤느냐?"

"송구하지만…… 저희들이 도저히 어떻게 할 수 있는 자가 아니었습니다."

평소의 왕적이었다면 돈값을 하니 못하니 하면서 호통을 쳤을 터. 하지만 지금은 그러지 않았다. 그 역시도 복면인의 무위가 엄청나다는 것쯤은 알고 있었다.

"아무래도 느낌이 좋지 않습니다. 속도를 높여 최대한 빨리 북부무림의 권역으로 들어가야 할 것 같습니다."

"북부의 권역까지는 얼마나 남았느냐?"

"속도를 최대로 끌어올리면 내일 아침쯤이면 들어갈 수 있습니다."

"하면 이동을 재개하지."

"예, 단주."

이동을 재개하는 황금상단.

그들을 지켜보는 눈동자들이 있었다.

　　　　　＊　＊　＊

한 혈포인이 북쪽을 향해 빠르게 이동을 재개하는 황금상단을 응시하며 미간을 찡그렸다.
그런 그의 뒤에 복면인이 장승처럼 우뚝 서 있었다.
"새로 만든 혈강시가 천하무적인 줄 알았더니 생각지도 못한 약점이 있었구나."
"그게 무슨 말씀입니까?"
"조종자와 이놈 간의 소통 거리가 너무 짧다. 조금 전에 황금상단의 무사들이 달려들었을 때 놈과 조금만 거리가 멀어졌더라도 조종이 불가능했을 것이다."
"……그렇군요."
"이전의 혈강시와는 달리 스스로 판단을 하지 못하니, 조종이 되지 않으면 혼자 싸우다가 끝내 죽어 버리고 말 것이다."
"오직 공격에 초점을 두고 생산했다고 들었는데…… 이런 단점이 있었군요. 혹시 주군도 이 사실을 알고 계실까요?"
"놈의 강력한 위력에 한껏 들떠 계시니 아마도 모르고 계실 것이다. 다행히 내가 발견하기는 했다만……."

혈포인은 말끝을 흐리며 나지막이 한숨을 내쉬었다.
그는 숲에서 혈강시의 위력을 지켜보며 쾌재를 불렀었다. 혈강시는 보면서도 믿기지 않을 만큼 강력한 위력을 발휘했다.
하지만 그때 황금상단의 무사들이 달려들었고, 수적으로 워낙에 열세였던 까닭에 물러서야 했다.
물러서면서 전음을 통해 혈강시를 불러들였는데, 조금만 거리가 멀어졌더라도 전음이 미치지 못했을 것이다.
'주군이라면 전음이 닿는 거리가 나보다 훨씬 길겠지만 그래도 한계는 있기 마련인데…… 차라리 호각이 더 나을까? 아니지. 그럼 조종자의 위치가 금방 탄로 난다.'
머릿속이 복잡해진 혈포인은 크게 숨을 들이켜고는 황금상단을 바라봤다.
"또 공격합니까?"
"물론이다. 보다 확실한 시험을 해 보려면 당연히 그래야지. 일단 놈들이 경계를 늦출 때까지 은밀히 뒤를 쫓는다."
"알겠습니다."
"다친 사람은 없겠지?"
"수만 많지 쓸 만한 놈들이 없었던 까닭에 다들 무사합니다."
혈포인은 묵묵히 고개를 끄덕이고는 혈강시를 돌아봤

다. 혈강시는 여전히 장승처럼 서 있을 뿐이었다.

'아직 드러나지 않은 약점이 분명 더 있을 터. 이전의 혈강시들처럼 허무하게 잃지 않으려면 이번 작전에서 모든 약점을 파악해야 한다.'

* * *

부족의 새로운 터전을 찾고자 중원으로 들어선 철인족의 설무진.

그는 마땅한 곳을 찾아 쉴 새 없이 움직였지만 눈에 들어오는 곳이 없자 실망감을 감추지 못했다.

'이 넓은 땅덩어리에 우리 부족이 살아갈 만한 곳이 없단 말인가.'

"대장, 너무 남쪽까지 내려온 것 같습니다."

수하의 말에 설무진은 나지막이 숨을 고르고는 물주머니를 끌러 입으로 가져갔다.

"아직은 북부무림의 북쪽에 해당되는 지역이다. 여기서 하루 정도만 더 내려가 보고 마땅한 곳이 없으면 동쪽으로 이동한다."

"알겠습니다."

설무진과 청년들은 다시 움직이기 시작했다.

그렇게 얼마를 이동했을까?

설무진의 두 눈이 빛을 발했다. 전방에 협곡이 나타났는데, 협곡 주변 환경이 한눈에 착 달라붙듯이 들어온 것이다.

제법 큰 강이 있었다. 그리고 높고 험한 산이 삼면을 가로막았으며, 뒤쪽은 깊고 넓은 협곡과 암벽 지대가 자리하고 있었다.

또한 산의 초입에 제법 넓은 분지가 있어 부락을 세우기에 최적의 환경이었다.

'숲의 상태로 보아 인적이 거의 없는 곳이다. 이 정도면……'

완벽한 곳은 아니지만 설무진은 자신들의 부족이 살아가기에 충분하다고 여겼다.

"이제야 찾았군."

"마음에 드십니까?"

"그래. 이 정도면 족장님도 만족하실 것이다."

"후아……"

"아이고. 끝났다!"

청년들이 기다렸다는 듯 뒤로 벌러덩 누웠다.

설무진은 그들을 쳐다보며 바로 지시를 내렸다.

"나는 이곳에 남아서 주변을 더 살펴볼 테니 너희들은 바로 돌아가서 부족을 데리고 오너라."

"저는 남겠습니다. 아무리 그래도 대장 혼자 남겨 둘

순 없지 않습니까."

"맞습니다. 저희들만 바로 떠나도록 하겠습니다."

결국 청년 한 명이 설무진의 곁에 남았다.

설무진은 북쪽으로 떠나는 청년들의 뒷모습을 바라보며 눈빛을 가라앉혔다.

'여기서 다시 시작하면 된다.'

"대장, 가장 가까운 고을이 어디쯤에 위치해 있는지 파악을 해 봐야지 않겠습니까? 만약 너무 가까우면 생각을 달리할 테니까요."

"주변을 봐라. 이런 곳은 사냥꾼들도 쉽사리 들어오지 못한다. 게다가 산악 지대가 광활하고 높이까지 있으니, 최소 나흘 이상은 내려가야 사람이 사는 곳이 나올 거다."

"그렇긴 하지만······."

척!

"그래도 한번 살펴보는 것이 좋겠지?"

"그러니까요."

"녀석. 그럼 내려가 볼까?"

"옙!"

설무진과 청년은 다시 남쪽을 향해 움직였다. 그러나 아무리 가도 작은 부락조차 찾아볼 수가 없었다.

그리고 나흘째가 되었을 때, 설무진은 끝없이 이어지는

마차의 행렬을 발견하고는 숲에 몸을 숨겼다.

'황금…… 상단?'

마차의 지붕에 황금상단이라 적힌 깃발이 나부끼고 있었다.

황금상단은 북해에서도 아주 유명했다.

단순히 중원 최고, 최대의 상단이라서가 아니라 백야벌의 팔대가문과 어깨를 나란히 할 정도의 강력한 전력을 갖춘 곳이라고 더 알려져 있었다.

'엄청난 규모다.'

설무진은 끝없이 늘어진 마차를 응시하며 감탄을 금치 못했다. 동토의 왕국이라 불리는 척박한 북해에서는 쉽사리 볼 수 없는 광경이었다.

청년이 갑자기 한숨을 푹 내쉬었다.

"하아…… 부족이 살아가려면 막대한 돈이 있어야 하는데, 빙궁과의 전쟁에서 대부분의 금과 보물들을 잃어버렸으니 어떡합니까?"

"돈이야 중원에서 또 벌면 된다."

"무슨 수로 말입니까?"

"뭐가 어떻게든 되겠지. 그나저나 너 자꾸 암울한 소리할 거냐?"

"……죄송합니다."

청년을 나무란 설무진은 다시 황금상단의 마차를 바라

봤다.
 '얼마나 돈이 많으면 한낱 마차를 금으로 장식했을까.'
 세 번째 마차였다.
 다른 마차보다 크기도 크거니와 곳곳에 금박을 입혀 놓은 까닭에 마치 거대한 황금 덩어리가 바퀴를 달고 굴러가는 것 같았다.
 "저 마차에 뭐가 실려 있을까요?"
 "그걸 왜 궁금해하는 거지?"
 "그냥…… 요."
 딱!
 "쓸데없는 생각은 하지도 마라."
 청년의 머리를 한 대 쥐어박은 설무진.
 그는 선두의 마차가 코앞까지 다가오자 조금 더 뒤쪽으로 물러섰다.
 그렇게 황금상단의 행렬이 지나가기를 기다린 지 얼마나 지났을까?
 '……응?'
 설무진은 이상한 느낌이 들어 좌측을 돌아봤다. 그러고는 흠칫하며 나무 뒤로 몸을 숨겼다.
 좌측에 복면인 하나가 장승처럼 서 있었다. 분명 사람인데, 사람의 기척이라고는 하나 느껴지지 않는 괴이한 자였다.

'엄청난 고수다. 이토록 가깝게 접근할 때까지 몰랐다니…….'

그때였다.

쾅!

복면인이 섰던 곳에서 흙먼지가 치솟았다. 뒤이어 까마득한 곳까지 솟구쳐 올랐던 복면인이 황금상단의 마차를 향해 떨어져 내렸다.

"우와……."

청년이 입을 쩍 벌렸다. 복면인이 뛰어오른 높이가 그만큼 어마어마했던 것이다.

쾅!

"크악!"

"으아악!"

복면인이 뛰어내린 마차가 박살이 나며 주변에 있던 무사들이 피를 뿌리며 날아갔다. 보고도 믿기지 않는 파괴력에 설무진도 경악해서 두 눈을 부릅떴다.

"놈이다! 쳐라!"

"공격하라!"

쐐애액!

따다다당!

사방에서 날아든 암기가 복면인의 지척에 이르러 모조리 불꽃과 함께 튕겨 날아갔다.

번쩍!

콰지직!

"크악!"

"으아악!"

설무진은 양 떼 무리로 뛰어든 한 마리 호랑이처럼 칼춤을 춰 대는 복면인을 응시하며 놀란 표정을 감추지 못했다.

'황금상단의 대응은 상당히 빠르고 정확했다. 마치 공격을 해 올 거라는 것을 알고 있기라도 한 것처럼……'

그럼에도 상대가 되지 않았다.

그때였다.

"엇!"

청년이 당혹성을 터트렸다.

복면인의 공격을 피해 두 명의 무사가 그들이 있는 곳으로 도망쳐 오고 있었다. 그런데 복면인이 마차를 공격하지 않고 무사들을 쫓아 달려오는 것이 아닌가.

쐐애액!

강기 한 발이 허공을 가르며 무사들을 덮쳤다.

퍼퍽!

"크아악!"

"으악!"

무사들이 쏟은 피가 설무진과 청년을 덮쳤다. 뒤이어

복면인이 설무진과 청년을 향해 재차 공격을 날렸다.

쐐애액!

엄청난 속도로 날아든 강기가 그대로 청년의 몸을 두 동강 낼 것 같았다. 하지만 설무진이 청년의 앞을 막아서며 수중의 검으로 강기를 후려쳤다.

꽝!

폭음과 함께 불꽃이 일었다.

뒤이어 청년이 복면인을 향해 일검을 날렸다. 마치 미리 짜 놓은 것 같은 절묘한 합격이었지만 복면인의 반응 속도를 따라잡지는 못했다.

콰직!

청년의 검이 땅을 후려쳤고, 복면인은 허공에서 몸을 틀어 뒤쪽으로 물러섰다.

'이런 식으로 꼬여 버리다니…….'

설무진은 난감했다.

난데없는 상황에 그만 모습을 드러내고 말았다. 이미 수많은 황금상단의 무사들이 지척까지 달려와 복면인을 에워싸고 있었다.

그들을 이끄는 청포인이 물었다.

"자네들은 뭔가?"

설무진은 잠시 머뭇거리다가 대답했다.

"그냥 지나가던 사람들이오."

"도와주게. 하면 크게 사례하겠네."

찰나의 순간에 설무진은 갈등했다. 돕자니 번거로운 일이 생길 것 같고, 무시하고 가 버리자니 그것 역시 찝찝했다.

[돕죠? 황금상단 정도면 필시 후하게 사례할 겁니다.]

"……."

[이제 남은 돈이라고는 고작 은자 다섯 냥이 전부입니다. 부족이 내려오려면 족히 몇 달은 더 걸릴 텐데, 그때까지 버티려면 돈이 더 있어야 합니다.]

'빌어먹을…….'

설무진은 나지막이 한숨을 내쉬고는 고개를 끄덕였다.

"알겠소. 대신 사례하겠다는 약속은 꼭 지키시오."

"약속하겠네."

퉤!

설무진은 거칠게 침을 뱉고는 엉뚱하게 뒤쪽을 향해 돌아섰다. 그러더니 땅을 박차고 뛰어올라서는 엄청난 속도로 숲을 향해 뛰어들었다.

그리고 곧 설무진이 뛰어든 곳에서 처절한 단말마가 터졌다.

"크아악!"

콰지직!

까가강!

"크악!"

또다시 터진 단말마.

그때였다. 잠시 숨을 고르는 것 같던 복면인이 설무진이 뛰어든 곳으로 벼락같이 달려들었다.

콰광!

섬광과 폭음이 난무하며 주변 숲이 초토화가 될 때까지 걸린 시간은 그야말로 촌각에 불과했다.

"가 보세!"

청포인이 몇 명의 고수들과 함께 현장으로 날아갔다.

하지만 싸움은 이미 끝나 있었다. 초토화가 되어 버린 숲 한가운데에 설무진이 서 있었고, 주변에 두 구의 시신이 피를 흘리며 나뒹굴고 있었다.

청포인이 물었다.

"어떻게 된 일인가?"

"몇 놈이 이곳에 숨어 있었소. 복면을 쓴 놈과 함께 도주한 것을 보면 패거리였던 것 같소."

"처음부터 이곳에 놈들이 있다는 걸 알고 있었는가?"

"당신이 내게 도와 달라고 청했을 때, 이곳에서 흘러나온 기척을 감지했었소."

그때 청년이 떨어져 내렸다.

"대…… 아니, 형님! 괜찮습니까?"

"괜찮다."

한 황포인이 청포인을 향해 말했다.

"뭔가 이상합니다. 다른 놈들을 공격하니 그 괴물 같은 놈이 사라졌습니다. 혹시…… 괴물 같은 놈이 강시고, 숲에 숨어 있던 놈들은 강시를 조종하던 게 아닐까요?"

"강시가 그렇게 강할 수 있단 말인가?"

"혈가의 혈강시라면 충분히 가능합니다."

"듣고 보니 혈강시가 맞는 것 같습니다. 세상에 그토록 강력한 강시는 혈가의 혈강시뿐입니다."

청포인의 눈빛이 일그러졌다.

"혈가가 왜 우리를……."

"일단 단주님께 말씀을 드려야 하지 않겠습니까?"

"그래야겠지."

청포인이 설무진을 응시했다.

"마차가 있는 곳으로 함께 가세. 약속대로 사례하겠네."

설무진은 청년과 함께 마차가 있는 곳으로 향했다. 짧은 시간에 상당수의 무사들이 죽거나 다쳤고, 마차도 세 대가 완파, 두 대가 반파를 당한 상태였다.

"또 그놈이냐!"

왕적이 걸어왔다.

청포인이 고개를 숙였다.

"혈가의 혈강시인 것 같습니다."

혈강시의 위력과 약점 〈297〉

"……지금 혈가라고 했느냐!"

"저희들이 잘못 보지 않았다면 혈가의 혈강시가 틀림없습니다."

왕적의 얼굴이 무참히 일그러졌다.

"적혼, 이 빌어먹을 인간이 거래를 끊었다고 앙갚음을 하려는 모양이구나."

청포인이 설무진을 가리켰다.

"이 젊은이들이 아니었다면 피해가 더 컸을 것입니다."

왕적이 설무진과 청년을 응시했다.

청포인이 말을 이었다.

"도와주면 사례하겠다고 약속을 했습니다."

"그래?"

왕적이 설무진을 향해 다가서며 물었다.

"어느 문파에서 왔는가?"

"우린…… 그냥 낭인들이오."

청포인과 고수들이 서로를 쳐다봤다. 일개 낭인이 혈강시로 추정되는 복면인의 공격을 거뜬히 막아 냈다는 것이 믿기지 않았던 것이다.

그때 왕적이 뜻밖의 말을 했다.

"낭인이라면 잘됐군. 자네들…… 더 큰돈을 벌어 보지 않겠나?"

"……."

"본 상단은 지금 북부무림의 광산으로 가는 길이네. 그곳까지 함께 가 주면 은자로 일천 냥을 주겠네. 물론 한 사람당 몫이네."

[무조건 수락해야죠!]

청년의 전음성이 가늘게 떨리고 있었다.

하지만 설무진은 선뜻 대답하지 못했다. 그가 머뭇거리자 왕적이 품속에서 전낭을 꺼내더니 설무진에게 던졌다.

철그럭!

"오백 냥이네. 나머지는 도착해서 주겠네."

설무진은 갈등했다.

중원보다 가난한 북해에서 은자 일천 냥은 엄청난 거금이었다.

부족들이 중원으로 내려와 새로운 터전을 일구려면 막대한 돈을 필요로 할 텐데, 그때 일천 냥은 상당한 도움이 될 터였다.

'어차피 시간은 충분하다.'

"광산까지만 함께하면 되는 것이오?"

"자네들이 원한다면 훨씬 더 큰돈을 줄 수도 있네. 하지만 그건 일단 광산까지 간 후에 얘기하도록 하세."

설무진은 왕적의 눈빛을 보며 깨달았다. 그가 자신들을 아무 마음에 들어 한다는 것을.

'더 큰돈이라……. 그래, 부족을 위해서라도 돈은 반드시 필요한 것. 그렇다면 도적질을 해서 버는 것보다야 백 번, 천 번 낫겠지.'

갈등은 끝났다.

설무진은 왕적을 향해 고개를 끄덕였다.

"제의를 받아들이겠소."

       * * *

'저런 놈이 어디서 갑자기 튀어나왔을까?'

혈포인은 황금상단과 함께 움직이기 시작한 설무진을 응시하며 눈빛을 떨었다.

이전의 실수를 반복하지 않을 목적으로 전음성이 미치는 최대 거리 밖에서 숨어 지켜보고 있었다.

다행히 의도는 통했고, 황금상단의 누구도 자신들이 있는 곳을 의심하지 못했다.

그런데 갑자기 설무진이 들이닥쳤다.

그 탓에 수하들이 죽었고, 자신도 하마터면 목이 날아갈 뻔했다. 만약 혈강시를 불러들이는 것이 조금만 늦었더라면 이미 불귀의 객이 되었을 것이다.

'일격에 검과 몸이 통째로 날아가다니…….'

참혹했던 수하들의 죽음.

그나마 다행이라면 혈강시로 돌아오면서 더 이상의 희생을 피했다는 점이었다.
"누굴까요? 중원에 저런 모습을 한 고수가 있다는 말은 들어 본 적이 없습니다."
"속하도 마찬가지입니다."
금발 거한은 최소 초철정의 경지에 이르렀으리라 유추됐다.
그러나 지금껏 저런 외형의 고수에 대한 이야기는 한 차례도 들어 본 기억이 없었다. 심지어 저토록 젊은 고수라면 한 번쯤 들어 봤을 법하건만 말이다.
'조종 문제만 아니었다면……'
혈포인은 새삼 조종의 방법과 소통 거리에 대한 아쉬움을 느꼈다.
"더 하실 겁니까?"
"혈강시의 위력은 충분히 확인을 했고, 황금상단에도 상당한 피해를 준 것 같습니다만."
남은 자들이 혈포인을 주목했다.
혈포인은 잠시 침묵을 지켰다. 사실 혈강시의 위력을 더 시험해 보고 싶었지만 설무진 때문에 수하들이 죽어 나가는 것을 본 이후로 갈등이 생겼다.
하지만 이대로 물러가자니 썩 만족스럽지가 못했다.
'북부가 금광을 발견했다고 했지? 그곳이 어딘지 확인

은 하고 돌아간다.'

갈등은 끝났다.

"다시 따라간다."

"곧 있으면 북부의 권역인데…… 너무 위험하지 않겠습니까?"

"걱정할 거 없다. 혈강시를 시험하는 게 아니라 북부가 발견했다는 금광의 위치만 확인하고 돌아갈 것이다."

"……예."

남은 자들이 서로를 쳐다보며 실망스러운 표정을 짓는 순간이었다.

(북천전기 17권에서 계속)

환상이 숨쉬는 공간 파피루스 blog.naver.com/gnpdl7

머리를 식힐 겸 떠난 영국 여행에서
불행한 사고를 당한 웹소설 작가 진한솔

"여기는…… 빅 벤?"

눈 떠 보니 낭만과 문학과 인종 차별이 숨쉬는
19세기의 대영 제국 한복판에 떨어져 있었다!

어떻게든 살아남아야 한다
항만 노동자부터 부잣집 머슴에 베이비시터까지!
발에 땀 나도록 열심히 산 그에게 찾아온 기회

"선생님! 아니, 작가님! 이제야 찾아뵙습니다!!"
"……작가님이라고요?"
"지금 런던에서 제일가는 소설을 쓰신 분이니까요."

그 기회가, 소설 작가라고?
이참에 대영 제국 놈들에게 사이다를 풀어 주겠다
펜 하나로 세상을 바꾸는 대문호의 집필이 시작된다!

고스름도치 대체역사 장편소설

대영제국에서 작가로 살아남기

환상이 숨쉬는 공간 파피루스 blog.naver.com/gnpdl7

poo 판타지 장편소설

회귀한 대마법사의 용사생활

마왕을 강림시키려는 악의 조직, 네크로를 거의 궤멸시킨 용사 파티
하지만 용사의 우유부단함으로 마왕이 강림하고 만다

그리고 그때 주어진 시간 회귀의 기적

"답답해서 내가 뛴다!"

소년일 때로 돌아온 네자르
그는 용사가 되기로 결심한다

"다시는 후회하지 않겠어."

압도적인 마법 재능, 유쾌한 언변술, 화려한 계략까지
마왕의 강림을 막고 세계를 구원하는 용사의 행보가 시작된다!